音読で楽しむ琉歌

琉歌演習

次世代へ適切に伝えるために

國吉眞正

新星出版

はじめに

　この頃は、国内外の読者の方々から、お電話や電子メールを頂くことが多くなりました。お話の内容を整理してみると、やはり沖縄の言葉の発音に苦慮していることが挙げられます。新聞、機関誌、出版されている著作物から言葉の発音を学ぶことが大変だという声が多いです。しかもすらすら読めないものが多く、うんざりして途中で読むのを断念した方々もいます。琉歌となると日本語なのか沖縄語なのかさっぱり分からないという声もあります。

　どういう問題かをよく整理して真摯な態度で受け止めて的確な教材研究をやらなければ、沖縄語が再び盛んになることはなく、年々低俗なものになって衰退していくと考えております。

　筆者は、いただいた質問などを分析して整理してみました。

　口語と文語の両分野において確かに間違いが多く、すらすら読めないものが、あまりにも多いのにはびっくりしています。中には小学校の低学年レベルの文体もあります。もちろん子供のための読み物ではありません。

　このようなケースは、実例を挙げて先に論文で発表したのでここでは割愛します。

　本書では文語の分野から特に琉歌を取り上げて現状の問題点をサンプリングして引用しながら解説を加えていくが、いかにお粗末なものであるかを見ることが出来ます。琉歌の歌意は日本語としても意味不明の解釈や間違いもあります。また、当て字を頻繁に使い、誤解を与えるのもあります。

　そして、言葉の発音に関して、とんでもない指導をしているのには、空いた口が塞がらぬ思いがします。沖縄の言葉は難しくないのに、どうしてこんなに発音を難しく教えるのだろうか。

　よく考えてみると、沖縄の言葉の「音節」の体系が明確に体得されていない面があります。つまり基本的なことが分かっていないということです。

　沖縄の言葉には、日本語の音節にさらに独特の音節を加えるのもあります。その音節をしっかり体得しなければならないです。

　このようなことから本書では、発音について注意すべきところを整理し、次世代の方々に分かり易く学べるようにしました。琉歌は、歴史的仮名遣いのままだから、多くの方々からは読み解けないという声があるので、発音も明確で音読が出来るようにしました。さらに、誰にでもたやすく分かるように語句の説明も加えました。本書をきっかけに、琉歌に慣れ親しんで作品を味わっていただけたら嬉しいです。

2022 年 10 月

國吉眞正

凡例

・本書のねらいは、琉歌に限定して、沖縄語の基本的なことが分かる方々を対象にしたが、口語の勉強をしながら文語にも興味があれば理解できるようにしました。もちろん、琉球芸能の道にある次世代の方々の育成にも使えるようにしています。

・ここでは沖縄語とは、首里の言葉をいいます。何故かというと文芸作品として残っているのは、首里の言葉で書かれているからです。また、古典舞踊や組踊に出ている琉歌も対象にしています。

・発音式仮名遣いは、標音・評釈琉歌全集（島袋盛敏、翁長俊郎著）に基づきました。

そして、組踊の琉歌については、伊波普猷全集に基づいています。

工工四に出ている表記とは、少し異なるところがあるが、それぞれの流派の工工四に従って直して使ってください。

例えば、中城はんため一節は、「飛び立ちゅるはべるまずゆ待て連りら我身や花ぬ本知らぬあむぬ」に対して、野村流音楽協会の工工四では、「飛び立ちゅるは<u>び</u>るまずゆ待て連りら花ぬ本<u>我ん</u>や知ら<u>ん</u>あむぬ」となっています。しかし、全体的な歌意は同じだと言えます。

演習問題を通して力をつけていくと、直すと同時に歌の解釈も出来るようになるものと思います。

・演習問題の形にしてあるが、歴史的仮名遣いは増補琉歌大観（島袋盛敏著）から引用して、これを現在残された貴重な文献（音源も含む）などを使い、現代仮名遣いでたやすく読めるようにすることです。徹底した演習がやれるようにまとめてあります。もちろん、発音も適切で言文一致で書かなければなりません。

・各演習問題には、フィードバックのページを付けてあるが、各自が演習したものと比較が出来るようにしました。

・日本語の拗音「ちゃ、ちゅ、ちょ」などは、そのまま使うが、一部使わないのがあります。また、沖縄語のための拗音を一部追加してあります。詳しくは、第Ⅲ章を参考にしてください。そして、沖縄語独特の音節は、1音節を1字で表記するため、外字（沖縄文字と呼ぶ）を使いました。

そのため、琉歌の音数律がぴったり合い、そして、正確に発音が出来、読むのもたやすくなっています。

沖縄語独特の音節のために新たに拗音を増やすと、音読の実験結果から分かったことであるが「**ぎなた読み**」を始めたり、正確な発音が出来なくなることが分か

ってきました。

・漢字の使用については、基本的に沖縄語の語句の読みの音と漢字の読みの音が似ていて、しかもその漢字の持つ意味が、沖縄語の語句の意味と一致しているものを使っています。当て字を盛んに使っている書物が氾濫しているが、誤解を与えています。子供たちの学力低下にもつながります。

但し、慣用語としてある「無蔵(んぞ)」「男(ゐきが)」「親雲上(ぺーちん)」などは、この考えに則していないが、例外として使いました。

筆者は、沖縄語は、独立した言語と位置付けているので、当て字で日本語化するのを避けております。

語句の説明が必要な場合は、当て字を使わず、脚注または、巻末に説明を付けるべきです。

・漢字や数字には、すべて振り仮名を付けました。漢字や数字を日本語読みにするのか、沖縄語読みにするのか迷うからです。

音読の実験をして分かったが、沖縄語を初めて習う方々は、漢字に振り仮名を付けないと、日本語読みをするので、<u>振り仮名は手抜きをせず、すべての漢字や数字に沖縄語読みで、丁寧に付けてあります。</u>言葉の響きを大切にするためには、沖縄語読みの振り仮名は非常に重要となります。

次世代の方々のためには、日本語読みであっても付けるべきです。日本語と同じ読みだということが分かって勉強になります。

・15ページに示してある沖縄文字等対比例一覧において、「音」の欄の中で沖縄文字の読み方をカタカナで、例えば、「ぐゎ」を「クヮ」のように示しているが、発音する時、「ぐゎ」は1音で[kwa]（くゎ）と発音します。2音の[kuwa]（くわ）ではありません。沖縄文字は、すべて1字は1音となります。「ぐゎっちーさびら」のことを「くわっちーさびら」という人がいるが間違いです。

音読をする時、沖縄文字に出合い発音に迷う場合は、沖縄文字等対比例一覧の「音」の欄に示してある読み方が参考になります。琉歌については、各ページにも読み方を示しました。間違いやすいのは、16ページの**「音読の要領」**で説明します。

・索引をしやすくするために各琉歌には番号（001~126）を付与してあります。

・琉球舞踊古典女七踊、そして組踊については、玉城朝薫作の「五番(ぐばん)」と平敷屋朝敏作の「手水ぬ縁(てみずぬゐん)」に使われている琉歌は、もらすことなく、すべて取り入れました。

目次

琉球いろは歌から

勝り不勝りや

　　肝からどやゆる

　　　　念ぬ入る者に

　　　　　　下手や無さみ

(ものごとの上手下手は、その人の心構えである。落ち度がないように深く注意
する者に下手はいないのである)

第Ⅰ章　　　　　表記の方法(音節の体系など)

沖縄語の豊かな音節

　沖縄語（本書では琉歌を扱うので首里の言葉）は、図1に示してある日本語の音節だけでは書き表すことが出来ないです。さらに図2で示してあるように沖縄語独特の音節を日本語の音節に加えなければならないです。その豊かな音節は図2のように27個あります。音節というのは、ひとまとまりに発音される最小の単位です。

　その27個というのは、国立国語研究所から出た沖縄語辞典で使われている音韻記号で示すと、[　]内にあるような音です。[’i]、[kwa]、[hwi]、[?ju]……などのような音節が、27個あるわけです。

　ここに挙げた音節は、すべて1音であるが、その1音をどのように表すかが、多くの人々が表記に関心をいだいているところです。

　しかしながら、言葉の普及に携わっている方々にも言葉が持っている音節を曖昧に認識しているので、間違った文を書いている人が多いです。また、そういう方々は、表記法が確立されていないから書くのが難しいと、言い逃れや言いがかりの材料にしているのが見られます。

　ここで考えてみると、組織単位では、すでに表記法は確立しているのです。それを使いきれないのはどういうことですか。例えば、NPO法人沖縄県沖縄語普及協議会では、表記法は2001年6月3日に制定されています。それを無視して書いているので、混乱しているのです。もしその表記法に不具合があれば、それを議論すべきでしょう。

　必要にして十分な音節を体得して自信があれば、自分で確立してエッセーや物語を書いて世間にどんどん発表すればよいです。そして、世間から評価をいただくのです。

　今は、機関誌や書いたものなどを読むと、表記法以前に言葉の基本を把握していない人が目立ちます。とてもきちんとした文章ではないので、次世代の方々へ渡せるものではないです。恥ずかしいことです。

　筆者も含めて、文章表現力を身に付ける勉強をしていかなければならないと考えています。書けないのは表記法のせいにせず、ひたすら勉強することです。

　また唄三線を演奏している方々の中には、基礎的な音節の勉強がなされていないし、語彙力もないので曖昧な音楽になっています。単に工工四をなぞって声出しや、テンテン音を出しているだけで、素晴らしい実演家は少ないです。また、琉歌をそらんじていない方もいて表現力に乏しいです。もう音楽とは言えません。

　日本歌曲において、歌のレッスンを始める前にまず詩を朗読させるというのです。日本語の発音について、一つひとつを母音、子音を含めて徹底して直していくといいます。イントネーション、アクセント、抑揚、詩の流れに沿った、句読点ではない曲の切り場所、息継ぎの箇所、日本語の持つ本質的な基本をきちんと把握させてから歌のレッスンに入るそうです。琉歌についてもそうありたいです。

　筆者は、芸能の分野には門外漢であるが、言語教育の立場からいうと、琉歌は徹底してそらんじていただきたいと思います。もちろん、単なる棒暗記、つまり意味にかまわず、そらでおぼえることではありません。

本書は、このような状況の中で、2020 年 7 月 31 日に発表した論文「琉歌演習」に加筆してまとめたものです。「沖縄県立図書館などで閲覧可能」

　筆者は、及ばずながら 16 年前から表記法は確立して口語においては、散文として、エッセーや物語を書いてきました。文語においては、今回、読者の皆様に沖縄の素晴らしい文芸作品から現代仮名遣いと適切な発音で、たやすく音読が出来る琉歌を紹介したいと思います。

　本書では、琉歌をそらんずる前に、沖縄語の音節を 1 音節ごとに明瞭な発音をすることは大切だから、**「音読の要領」**の項で演習します。

　それでは、これらの音節をどのように表記したらよいのかも考えなければなりません。

　多くの人は、五十音の仮名の組み合わせで、沖縄語独特の音節をすべて表記しようというのだから、非常に無理せざるを得ない状況にあります。それは日本語の拗音にさらに沖縄語のための拗音をたくさん加えて表記するから、読み手にとっては、非常に読みづらいことが分かりました。

　琉歌に沖縄語のための音節を仮名の組み合わせで表記したものを適用して音読実験をすると、**「ぎなた読み」**つまり、「弁慶が、<u>なぎなた</u>を持って」と読むべきところを「弁慶がな、<u>ぎなた</u>を持って」と読み、意味不明の言葉をあやつります。琉歌、組踊の台詞のような韻文では音数律は大切であるが、それも崩れてしまいます。

音数律や的確な発音と表音文字を考える

　そこで、上記のような問題点を受けて、ひとまとまりの音は、一つの文字を使うと良いことが分かってきました。「1 音節 1 字と呼んでいる」

　また、沖縄語独特の音を五十音の範囲内にある文字を組み合わせて拗音を作り、音読実験をすると、五十音の音に引きずられて適切な発音が出来なくなるのも分かってきました。

　従って、このことから図 2 にある音節は、すべて 1 音の外字（沖縄文字と呼ぶ）を採用しています。琉歌はもちろんのこと、たくさんの文章を現代仮名遣いで書いて音読実験をしたら、発音も的確で、すらすら読めるようになっています。

　図 2 に示してある（　）内の表音文字を使って琉歌や組踊の台詞を書きました。

　この頃は、言葉が持っている音を的確に把握していない音楽家もいて、発音指導が出来ない愚か者師範までいます。こういう方々は、習うという態度がないので、手が付けられないです。もちろん、口語の分野でも知ったか振りをする方はいます。外国語の発音を持ち出す方もいます。沖縄語の音節の体系をしっかり把握していれば、外国語の発音で混乱させることはないです。

　もちろん、似たような発音はあるでしょう。

　沖縄語は、特に口語においては、長音が非常に多いため長音符号（ー）を使っています。例えば日本語の場合は、「おかあさん」という時は、「おかーさん」とは書かないが、沖縄語の場合は、長音が多いため「にゐーでーびる」と書きます。長音符号（ー）の代わりに母音を間に入れると、音読実験をしてみて分かるが、**「ぎなた読み」**を始めたり、沖縄語の響きが失われることが分かりました。文語の場合は、音数律を守るため長音符号は、少ないが例外はあります。

沖縄語の豊かな音と発音①

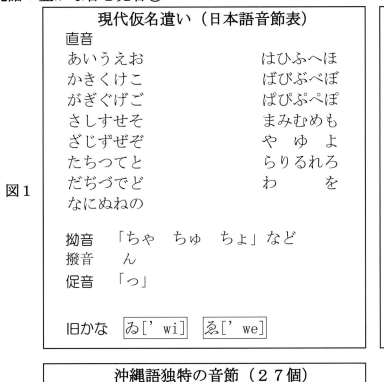

現代仮名遣い（日本語音節表）

直音

あいうえお　　　　　はひふへほ
かきくけこ　　　　　ばびぶべぼ
がぎぐげご　　　　　ぱぴぷぺぽ
さしすせそ　　　　　まみむめも
ざじずぜぞ　　　　　やゆよ
たちつてと　　　　　らりるれろ
だぢづでど　　　　　わ　　　を
なにぬねの

拗音　「ちゃ　ちゅ　ちょ」など
撥音　ん
促音　「っ」

旧かな　ゐ［'wi］　ゑ［'we］

図1

日本語を書くとき必要な文字群

沖縄語を書くとき必要な文字群

沖縄語独特の音節（２７個）

図2

［'i］(ぃ)　　　［'u］(を)　　　［'e］(ぇ)

［kwa］(ゎ)　　［kwi］(くぃ)　　［kwe］(くぇ)

［gwa］(ぉ)　　［gwi］(ぐぃ)　　［gwe］(ぐぇ)

［ti］(てぃ)　　　　　［tu］(とぅ)

［di］(でぃ)　　　　　［du］(どぅ)

［hwa］(ふゎ)　［hwi］(ふぃ)　［hwe］(ふぇ)

［ʔja］(や)　［ʔju］(ゆ)　［ʔjo］(よ)

［ʔwa］(ゎ)　［ʔwi］(ゐ)　［ʔwe］(ゑ)

［ʔN］(ん)

［ʂi］(すぃ)　［ʑi］(ずぃ)　［ʑi］(でぃ)　［çi］(ひ)

文語（琉歌、組踊など）や口語においては、沖縄語（首里の言葉）は、日本語音節（旧かなを含む）に沖縄語独特の音節を加えて表記しなければならない。
図２は、音韻記号と外字（表音文字）で示した。Ⅲ章表記（補足）も参考。

「声門閉鎖音」と「声門閉鎖音でない音」は決して難しくない

　声門閉鎖音については、よく質問を受けます。決して難しい発音ではないのに、何故か難しく説明しているようです。例えば、『声門閉鎖音というのは、一瞬喉がきゅっと締まり、そのあと音がひゅっと跳び出てくるような音です』と言われても、初学者には分かる訳がないです。口の中から出てくる音を説明しているだけで、発音のやり方を教えるべきです。あるいは、「豚」の沖縄語発音は『（ん）と（わ）をきちんと区切って発音し、それを次第にちぢめていくと似た音を発音できるようになるでしょう』という。これは、まるで神技としか言いようがないです。子どもたちに教えたら分からなかったという話も聞きました。分かる訳がないです。

　図3において、声門があります。ここで母音「あ」「い」「う」「え」「お」を発声してみてください。よく観察してみると、発音する前に一瞬息が止まっていることに気が付きます。その時声門が閉じられます。その後、急に「あ」の音が出ます。即ち、肺から呼気が出てきて声帯に振動を与えます。この振動が声になるのではなく、三線の絃の振動とは異なって、肺から空気を吹き込み声門が開いたり閉じたり断続した気流によって生ずる気流音、即ち、<u>喉頭原音</u>が、口腔内を著しく邪魔されないで、ほぼストレートに音が出ていることに気が付きます。その音は、声門から上の音声器官で構音（調音）されたものです。5個の母音は、口の形は異なるが、音の出方はこのように出ています。これが<u>声門閉鎖音</u>です。<u>音（声）は息の流れで作られ、このことが大切です。</u>
「あ、い、う、え、お」の5個の母音は、すべて声門閉鎖音です。

　その他は、子音で、舌、唇、顎、歯、頬などで変化を加えて（か）[ka]、（き）[ki]、（く）[ku]、（け）[ke]、（こ）[ko]……（ん）[’N]などの音が出ています。これらの子音は、母音のように発音する前に一瞬息は止まっていないです。これが、<u>声門閉鎖音でない音</u>です。

　さて、沖縄語独特の音節のうち、7個については、声門閉鎖音の出方を観察してきたように、発音する前に一瞬息を止めることで、や行（や、ゆ、よ）と、わ行（わ、ゐ、ゑ）と（ん）、の7つの音節に応用するのです。

　例えば、（や）は子音だから、発音する前に一瞬息は止まっていないです。音韻記号で書くと、[’ja]です。しかし、発音する前に一瞬息を止めて言うと、（や）[’ja]とは異なる音が出ます。その音は、音韻記号で[?ja]という音です。五十音では表わせない音です。沖縄語独特の音節ということになります。表音文字は、どうすればよいかというと、図2にあるように（や゚）という文字を使います。

図3

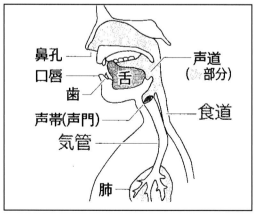

鼻孔
口唇
歯
声帯(声門)
気管
舌
声道
（　部分）
食道
肺

　　　　　『琉球新報』　2013年6月28日付
　「音と言語の科学教室　高良富夫」から引用

沖縄語の豊かな音と発音②

「声門閉鎖音」と「声門閉鎖音でない音」を五十音表の中で比較した
「声門閉鎖音」と「声門閉鎖音でない音」の関係が分かる

図4

'N	?wa	'wa	ra	?ja	'ja	ma	ha	na	ta	sa	ka	?a	
ん	ゐ	わ	ら	や	や	ま	は	な	た	さ	か	あ	
?N	?wi	'wi	ri			mi	hi	ni	ti	si	ki	?i	'i
ん	ゐ	ゐ	り			み	ひ	に	てぃ	し	き	い	ゐ
			ru	?ju	'ju	mu	hu	nu	tu	su	ku	?u	'u
			る	ゆ	ゆ	む	ふ	ぬ	とぅ	す	く	う	を
	?we	'we	re			me	he	ne	te	şe	ke	?e	'e
	ゑ	ゑ	れ			め	へ	ね	て	せ	け	え	ゑ
			ro	?jo	'jo	mo	ho	no	to	so	ko	?o	'o
			ろ	よ	よ	も	ほ	の	と	そ	こ	お	を

網掛けをした表音文字は、沖縄語独特の音節を示す

　それでは、もう少し説明を加えましょう。
　音韻記号について説明します。ローマ字化した記号で、沖縄の言葉の音節をよく表しています。図4は、日本語の音節表に沖縄語の音節の一部を加えてあります。や行は特徴的で[　’ja][　’ju][　’jo]になっています。その他は、ほぼローマ字の通りです。ここで2種類の記号を付けてあるのが見られます。それは、[　?][　’]です。[　?]は、声門をいったん閉じておいてから急激に開くときに発する音を示します。つまり声門閉鎖音（破裂音と呼んでいる人もいます）であることを示します。そして[　’]は声門閉鎖音でない音であることを示します。
　図4にあるように、「あ行、や行、わ行、ん」には、このような記号が付いています。
　言い換えると、「あ行、や行、わ行、ん」には、声門閉鎖音と声門閉鎖音でない音があるということです。
　図4には沖縄語独特の音節は、27個のうち、12個の音節が入っています。残りの15個は、図2に示した通りです。
　[kwa, kwi, kwe, di, du……şi, ʑi, çi]など15個あるが、琉歌を音読しながら発音を憶えましょう。
　発音のやり方は、図5の「音」の個所にカタカナで便宜的に示してあるが、カタカナで示しにくいのは、「音読の要領」の項で具体的に説明します。

以上このように音節の体系をしっかり体得しておくと、琉歌は的確な発音で、すべて、すらすら音読が出来るようになっています。もちろん、口語文の読み書きも的確に出来ます。

　図４において、矢印で関係付けている文字群について見てみます。

　矢印で示してある関係の２つの表音文字は、発音するとき口の形は同じです。

　例えば、（い）［ ʔi］と（ゐ）［ ʼi］を発音するときの口の形は同じです。

　（い）［ ʔi］は、声門閉鎖音だから一瞬息を止めて発音しています。そして、同じ口の形をして、息を止めないで言うと、（ゐ）［ ʼi］という音になります。つまり「声門閉鎖音でない音」が出ます。実験してみてください。

　また、（う）［ ʔu］と（を）［ ʼu］を発音するときの口の形は同じです。

　（う）［ ʔu］は、声門閉鎖音だから一瞬息を止めて発音します。そして、同じ口の形で、息を止めないで言うと、（を）［ ʼu］という音になります。実験してみてください。

　同様にして矢印で関係付けた文字について、すべて実験して見てください。（わ）［ ʼwa］と（ゑ）［ ʔwa］は出来ましたか。

　また、（ん）［ ʼN］と（ん）［ ʔN］については、間違っている人たちが多いので、しっかり確認して体得してください。

　沖縄語においては、日本語には語頭（語のはじめ）に（ん）で始まる語句はないので、発音は悪いし、表記も間違っています。沖縄語では、文語でも口語でもたくさん例を見ることが出来ます。昔（んかし）、向かて（んかて）、無蔵（んぞ）などたくさんあります。琉歌を詠むときにも取り上げます。

　特に音楽の道にある方々の中には、無茶苦茶な教え方をしているのが目立ちます。例えば、（ぅ）と（ん）が混ざる音だとか、（い）と（ん）が混ざる音であるとか、あまりにもひどいのに驚いています。習う方々は、どうやって混ぜるのか分かりません。

　また、［ ʔwa］の発音については、間違って指導されているので、誤解を解いていきたいと思います。

　冒頭に紹介したように、「豚」の沖縄語発音もあまりにも無知に呆れているので、**「音読の要領」**の項で、言葉を使って明確な発音を体得していきましょう。

　図４にある矢印で示したすべての表音文字の関係は、上述のように発音するとよいです。この要領で発音すると、声門閉鎖音と声門閉鎖音でない音については、何処の人でも出来ます。お腹に力を入れろとか、喉に力を入れろとか、唇をゆるめろとか、訳の分からないことは止めてください。

　ここでは１音節の発音のやり方を示したが、言葉を使わないとマスターしたことにはならないので、**「音読の要領」**の項で、具体的にすべてにわたって説明します。日常の言葉や、琉歌や組踊の台本に出てくる言葉を使って演習します。

　図５で「音」のところにあるカタカナ表示は、発音について便宜上示したが、［ ʼ］［ ʔ］の付いたところは、上述のように発音してください。

　例えば、［ ʔwi］のところは、「ウィ」としてあるが、正確には一瞬息を止めて（ゐ）［ ʼwi］を言うと、（ゑ）［ ʔwi］の音が出ます。その音が声門閉鎖音です。簡単であるが、言葉を使って稽古しないと本物にはなりません。この後、勉強しましょう。

沖 縄 文 字 等 対 比 例 一 覧

字	音	使用例	字	音	使用例
と	トゥ、tu	とぃ（鳥）	ゆ	?ju	ゆん（言う）
と	ト、to	とーふ（豆腐）	ゆ	ユ、'ju	ゆんたく（おしゃべり）
ど	ドゥ、du	どし（友達）	よ	?jo	よーいー（おさな子）
ど	ド、do	どーぐ（道具）	よ	ヨ、'jo	よーんなー（ゆっくり）
てぃ	ティ、ti	てぃーだ（太陽）	わ	ウヮ、?wa	わー（豚）
て	テ、te	だてーん（大いに）	わ	ワ、'wa	わーむん（私のもの）
でぃ	ディ、di	ふでぃ（筆）	ゐ	ウィ、?wi	ゐー（上）
で	デ、de	でーじ（大変なこと）	ゐ	ヰ、'wi	ゐなぐ（女）
くゎ	クヮ、kwa	くゎじ（火事）	ゑ	ウェ、?we	ゑんちゅ（鼠）
か	カ、ka	かじ（風）	ゑ	エ、'we	わじゃゑー（災い）
ぐゎ	グヮ、gwa	ぐゎんく（頑固）	ん	?N	んみ（梅）
が	ガ、ga	がんちょー（眼鏡）	ん	ン、'N	んみ（嶺井<地名>）
くぃ	クィ、kwi	くぃー（声）	い	'i	いん（縁）
き	キ、ki	きー（木）	い	イ、?i	いん（犬）
ぐぃ	グィ、gwi	ぐぃーく（越来<地名>）	を	ヲゥ、'u	をと（夫）
ぎ	ギ、gi	かーぎ（容ぼう）	う	ウ、?u	うと（音）
くぇ	クェ、kwe	くぇー（桑江<地名>）	え	'e	えーま（八重山）
け	ケ、ke	けー（粥）	え	エ、?e	えーさち（挨拶）
ぐぇ	グェ、gwe	ぐぇったい（ぬかるみ）	お	オ、?o	おーじ（扇）
げ	ゲ、ge	にげー（願い）	を	ヲ、'o	をーじ（王子）
ふぁ	フヮ、hwa	なーふぁ（那覇）	す	スィ、şi	すがた（姿）
は	ハ、ha	はな（花）	し	シ、si	しち（七）
ふぃ	フィ、hwi	ふぃーぢ（いるか）	ず	ズィ、zi	ずんぶん（知恵）
ひ	ヒ、hi	ひや（威勢の声）	じ	ジ、zi	じー（字）
ふぇ	フェ、hwe	ふぇー（南）	ㄗち	ツィ、çi	ㄗち（月）
へ	ヘ、he	へい（目下への呼びかけ）	ち	チ、ci	ちー（血）
や	?ja	やー（お前、君）	づ	ツィ、zi	みかづち（三日月）
や	ヤ、'ja	やー（家）	ぢ	ヂ、zi	ちぢん（鼓）

音記号は沖縄語辞典（国立国語研究所）による。「?」は破裂音、「'」は不破裂音。
破裂不破裂の区別は単語の語頭だけ、語頭以外では通常の文字を使用。例、とぃ（鳥）。
「す」以下は文語用、口語では「す→し、ず→じ・ぢ、ㄗ→ち、づ→ぢ・じ」となる。

第Ⅱ章　　　　　音読について(主として発音)

音読の要領

　琉歌をそらんずる前に1音節(ひとまとまりに発音される最小の単位)ごとに、沖縄語の音を明確に発音することは、大変重要なことと考えております。

　例えば、「ん・か・し」(昔)は3音節からできております。これは五十音で書けるが、沖縄語独特の音節は、琉歌や組踊の台詞などの文語においては、さらに27個をこの五十音に加えなければならないです。

　ここでは特に特徴的なものだけ、取りあげるとすれば、五十音の（う）[?u]の段の音、（え）[?e]、（え）['e]の発音、それから「声門閉鎖音」と「声門閉鎖音でない音」の発音に気を配ると、沖縄語らしい音に、早く近づけるようになります。残りの音については、琉歌を音読しながら、その音を修得していきたいと思います。

　また、文語においては、（スィ）[şi]、（ツィ）[çi]、（ズィ、ヅィ）[ʑi]という音があるが、課題にせず、今すぐ憶えなければなりません。さもなければ、琉歌を正しく発音することが出来ません。難しい発音ではないので、琉歌を音読しながら修得しましょう。

　まず指導に当たる方々は、正確な発音をして、これから学習しようとしている目的の「音」を聴かせて「音」の認識から始めます。オーラルメソッドと言って、話し、聞くことを主にした語学教育法であるが、与えられた目的の音が認識されたかを確認するため、話し手は、聞き手からその音を聴きます。その音が認識されなければ、必要に応じて繰り返しながら直します。単に「違う、違う」と言ったり、「唇をゆるめろ」あるいは、「喉に力を入れろ」「柔らかい音」など、お腹に力を入れて、「いきむようにしろ」とか、訳の分からない指導をする人は、指導をやってはいけません。しっかり勉強してから指導に当たってほしいです。沖縄語は、難しい言語ではないのに難しく教える人がいるが、そういう人は、まがいものであると言わざるを得ません。

　今、書くことや、YouTube あたりで、でたらめにしゃべっている次世代の多くの方々は、沖縄語の「音をなくした沖縄人」になっているのです。音を曖昧に修得したら、たとえ表記法が確立されても、正確に音を文字で表わすことが出来ないのは言うまでもありません。

　よく観察すると、辞典も引けないです。それは正確な音を修得していないからです。実例を挙げると、（をない）['unai]という単語を引いてもらうと、引いているページが違います。どこを見ているかというと、（うない）[?unai]を探しています。笑い話のようだが事実です。['u]と[?u]の音が、まだ確実に脳の中に認識されていないからです。唄三線奏者の方々にもいます。

　豆腐みたいに「柔らかい音」があるのか知らないが、「柔らかい音」を出せというミュージシャンまがいの方々がいるようです。もっとびっくりしたのは、沖縄の言葉は、舌の付け根を意識して、鼻から抜けるように幼児言葉で、発声しなさいと教えている方もいます。

[＇N]と[？N]の２つの音については、非常に問題があるので、例を挙げて説明するが、「っ」と「ん」、「ぃ」と「ん」が混ざる音、「ぅ」と「ん」が混ざる音など、２つの音に対して、３つもあると教えるので、もう無茶苦茶です。

　例えば、瓦屋節の琉歌に「……真南向かて……」というのがあるが、これを「向かて……」だというのです。琉歌演習でも取り上げるが、言葉の音を曖昧に認識しているからです。

　かつて筆者が幼少の頃、田舎では、明治生まれの老人がたくさんおられました。特にお婆さんたちは、文章を書くことが出来ない、いわゆる文盲に近いが、琉歌は正確な発音で、およそ30首はそらんじていました。例えば、名護親方の琉歌をそらんじて説教を受けたことがあります。礼儀を忘れると「礼儀忘りりば、闇ぬ夜ぬ小道、我胴ど損なゆる、歩み苦しゃ」をひもといて教え導いていました。

　今は、学歴は高くなっているが、文芸作品を読み解く脳が育ちにくい世の中になったのでしょうか。しかも、ほら吹きは多くなりました。さびしくなります。大先輩たちが亡くなると、にわかに不届き者が、はびこって来て、琉歌まで低俗化させているようです。

　琉歌や組踊の台詞の分野は、専門家がきちっと整備しているものと思い、筆者のような門外漢の者が、おこがましくて口を出す分野ではないと思っていました。ところが「琉歌まぢん、不届ちな者んかいさったる場じ」です。ほんとに人災だと言わざるを得ません。

　全く根拠のないことを平気で言う人たちは、指導する座から降りていただきたいと思います。

　琉歌演習では、事例などを通して琉歌を学んでいきたいと思います。

　次世代の多くの方々は、母語は日本語になっているから、沖縄語は、第３言語として勉強しなければならないでしょう。第２言語は、英語を勉強しているからです。

　このようなことがあるので、正確な沖縄語の「音」を教えることは、非常に重要だと強調しているのです。

　正確な音を伝えることを何度か繰り返していると、その音を修得することになります。その音が聞き手の脳の中に入らないのは、教え方が悪いからです。それ故、どんなに稽古しても無駄です。

　稀に自ら音痴という方がいるようだが、時間をかけて何度か繰り返すと、だんだん分かってきます。もちろん興味がない人には無駄なことです。この音の認識は、非常に大切であることを理解してほしいのです。

　筆者の経験では、大体の方は５分程度で「声門閉鎖音」と、「声門閉鎖音でない音」は、認識させることが出来ています。しかし、１音節の音を認識出来ても、その音を使って直ちに言葉を正確に発声することは出来ません。

　次のステップは脳の中に認識された「音」を使って言葉を発声してもらいます。そして確認をして、必要なら直していきます。

　筆者は、口は調音をするための楽器のようなものだと考えております。ですから、運動神経を使って脳の中にある「音」で、出来るだけたくさんの単語を発声させることです。口の「フォーム作り」をやっているのです。これを何度かやっ

ているうちに上達します。脳の中に「音」がなければ、いくら稽古しても無駄です。

　正しい「音」を発音して聴かせ切れない人は、屁理屈を言っているだけで、難しく教えています。出来の悪い者ほど屁理屈を言うのです。

　それでは、（う）の段から練習しましょう。

① 口の奥から出てくる「う」の段の発声練習

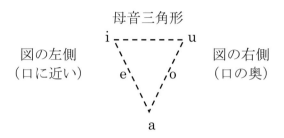

母音三角形

図の左側　　　　　　　　　　　　　　図の右側
（口に近い）　　　　　　　　　　　　（口の奥）

　上図の母音三角形から分かるように、口先に近い方から順番にすると、声は次のように出ています。

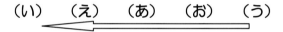

（い）　（え）　（あ）　（お）　（う）

　つまり、（い）は口の上側から、その次に口の中央あたりから（え）が出て、その次に口の下側あたりから（あ）が出ています。そして次は（お）です。

　最後の（う）は、口の奥から出ていることが分かります。

　（い）は口に近いほうから出ているので、聞きやすいです。しかし、（う）は口の奥から出ているので、口に出るまでに音は減衰します。そのため、「うちなーぐち」が堪能で、響きのいいお話をされる方々の口を観察すると分かるが、（う）の音を出すときは、口先を丸くし、とがって発声しています。そうすると、（う）という音は、口先に出てきます。共通語でいう（う）の音とは異なり、「うちなーぐち」らしい音が出てきます。

　（う）の音だけでなく、五十音の（う）の段はすべて同じ要領で発声します。

　つまり次の音です。沖縄語独特の音は、外字を使っています。

（う）［？u］、（を）［’u］、（く）[ku]、（ぐ）[gu]、（す）[su]、（と）[tu]、（ど）[du]、（ぬ）[nu]、（ふ）[hu]、（ぶ）[bu]、（ぷ）[pu]、（む）[mu]、（ゆ）［’ju］、（ゆ）［？ju］、（る）[ru]。

　これらの音は、共通語の音では物足りないので、前述のように発声してください。[　]内は、国立国語研究所から出た音韻記号です。よく読みとって発音して

ください。声門閉鎖音でない音の（を）[’u]と声門閉鎖音の（ゆ）[ʔju]は、②でも説明します。

　唄三線の下手な方々は、このような基礎的な発声が良くないようです。

　筆者は、オペラなどを聞くときは、18世紀のイタリア歌劇で開拓されたベルカント歌唱法を好んで聴いているが、沖縄語の音は、言語が異なるので、ベルカント歌唱法では、やかましい感じがします。曲想と言葉のバランスが味わいのない音に聞こえます。

　それでは、言葉を使って口の「フォーム作り」をやりましょう。唄三線を演ずる方々は大切なことです。

練習1

　口先を丸くとがるようにし、発音にも注意して下記の言葉を大きな声で言ってみましょう。

　下記の言葉は、（う）の段の「音」がたくさん入っている言葉です。あまり使われない口の筋肉だから、口は少し疲れると思います。毎日練習すると、その音になじむと思います。黙読はせず、音読することに意味があります。

- うーとーと。　　　　　　　　　（御願をするときに唱える語。あなとうと）
- 音。
- 夫。
- 唄とーん。　　　　　　　　　　　　　　　　　　　　　　　　　　（唄っている）
- をたとーん。　　　　　　　　　　　　　　　　　　　　　　　　　（疲れている）
- をーじ。　　　　　　　　　　　　　　　　　　　　　　　　　　　（砂糖きび）
- 工工四。　　　　（野村流音楽協会の声楽譜附工工四の発音による）
- ぐるくん小買みそーれー。　　　（ぐるくんを買ってください。ぐるくん：魚の名）
- 小満芒種。
- 書物読で取らしぇー。　　　　　　　　　　　　　　　　（書物を読んでおくれ）
- 冬至ねー、冬至雑炊うさぎゆん。　　　　　（冬至には、冬至雑炊をお供えする）
- 徳利小なかい、酒入って呉みそーれー。　　　（徳利に酒を入れてください）
- 何が何やが、物ー旨さみ。　　　　　　　　　（一体どうした、飯は旨いか）
- ふーち葉。　　　　　　　　　　　　　　　　　　　　　　　　　　　（よもぎ）
- あぎぬふりむのー、男。　　　　　　　　　　　　（陸のならず者は男）
- 餅。
- むっちゃかゆん。　　　　　　　　　　　　　　　　　　　（粘ってくっつく）
- 琉球。
- 六月。
- どしびれー。　　　　　　　　　　　　　　　　　　　　　　　（友達付き合い）

- どーー人暮らし。　　　　　　　　　　　　　　　　　　　　（一人暮らし）
- 盗人ぬ首ぬ高さん。（泥棒の首が高い。泥棒は恐れるあまり、かえって露見しやすい態度を取る）
- 何どんでん言ららん。　　　　　　　　　　　　（何とも言えない。言葉で表せない）
- ぶくぶく茶。　　　　　　　　　　　　　　　　　　　　（お茶を泡立てた物）
- 素麺ぷっとるー。　　　　　　　　　　　　（素麺を煮て油をかき混ぜた物）
- 夕飯まんじゃー。　　　　　　　　（宵の明星。金星。夕飯を欲しそうに見る者の意）
- 嫁いびらー。　　　　　　　　　　　　　　　　　　　（嫁をいじめる者）
- ゆくし物言や門ぬ間ん通らん。　　　　　　　　（嘘は門の間も通らない）
- 夜ゆっく、ゆん。　　　　　　　　　　　　　　　　　　　（日が暮れる）
- ゆんたくふんたく。　　　　　　　　　　　　　　（むやみに喋るさま）
- 言ーにん及ばん。　　　　　　　　　　　　　　　（言うまでもない）
- 宿借らんでぃ言ん。　　　　　　　　　　　　（宿を借りようと言う）
- 伊野波ぬ石くびり。　　　　　　　　　　　（伊野波の石ころの坂道）
- 恩義忘却。　　　　　　　　　　　　　　　　　　（恩義忘却）
- をばまー。　　　　　　　　　　　　　　　（おば「伯叔母」）
- 布丈。　　　　　　　　　　　　　　　　　　（一反の布の長さ）
- うんちゅー拝むん。　　　　　　　　　　　　　（ご機嫌を伺う）

　　次は、声門閉鎖音と、声門閉鎖音でない音について、練習したいと思います。

②　「声門閉鎖音」と「声門閉鎖音でない音」の発声練習

　　声門閉鎖音とは、どういう音かというと、12頁の母音の発音で説明したように（あ）（い）（う）（え）（お）がそうです。これらの音（声）は、発音する前に一瞬息が止まって、肺から呼気が出てきて声帯に振動が与えられます。この振動が声になるのではなく、三線の絃の振動とは異なって、肺から空気を吹き込み声門が開いたり閉じたり断続した気流によって生ずる気流音、即ち、喉頭原音が、声門から上の音声器官で調音されて出ています。

　　沖縄語では、この5個以外にもこのような音があるのです。それは、や行の（や）（ゆ）（よ）のところと、わ行の（わ）（ゐ）（ゑ）のところと、そして（ん）のところにあり、全部で7個あります。

　　母音の音（声）は、一瞬息が止まってから発音されているので、このことをや行、わ行、ん、に応用するのです。

　　実は、もう1つ声門閉鎖音があります。それは、たった1つの言葉で、ま行の［？me］で［？meNṣeeN］（いらっしゃる）がそうです。そうすると、声門閉鎖音は全部で5個＋8個で13個あることになります。

この［ʔmeNşeeN］という［ʔme］は、声門閉鎖音であるが、筆者は、［meNseeN］と同じように（めんしぇーん）としています。［meNseeN］は平民的発音とされているが、今は、平民、士族の区別はありません。従って、［meNseeN］に統一しました。発音も声門閉鎖音ではなく、子音で（めんしぇーん）にしました。
　まとめると次のようなところに声門閉鎖音があります。「12個」

ア行	（あ）	（い）	（う）	（え）	（お）
ヤ行	（や）		（ゆ）		（よ）
ワ行	（わ）	（ゐ）		（ゑ）	
	（ん）				

　発音はどうなるかというと、例えば、ヤ行の（や）は息を止めないで、発音しているから（や）という音が出ます。音韻記号でいうと、その音は［ʼja］で表します。それでは、先ほどの母音を言う要領で、一瞬息を止めて（や）を言うと、（や）の音と異なる音が出てきます。実験してみてください。その音が、声門閉鎖音と言って、音韻記号で書くと［ʔja］になります。
　母音の「あ」「い」「う」「え」「お」も声門閉鎖音だから、音韻記号で［ʔa］［ʔi］［ʔu］［ʔe］［ʔo］となります。
　［ʔja］の音は、（いや）のように聞こえるが、（いや）の2音節ではありません。1音節が正しいです。
　この独特の音を新しく表音文字で表し、(ʸや)という文字を使います。や行には（や）（ゆ）（よ）の3個の音があるが、音韻記号で［ʼja］［ʼju］［ʼjo］です。これらは子音と呼んでいるが、息を止めないで発声しています。これらを一瞬息止めて、発声すると（や）（ゆ）（よ）の音とは異なる音が出ます。
　実験してみてください。音韻記号で書くと、［ʔja］［ʔju］［ʔjo］となります。ここで気が付くのは［ʔ］の記号が付くか、［ʼ］の記号が付くかの違いです。［ʔ］の記号が付いたら「声門閉鎖音」を示します。［ʼ］の記号が付いたら「声門閉鎖音でない音」を示します。国立国語研究所から出ている沖縄語辞典では、声門閉鎖音のことを声門破裂音とも呼んでいます。
　まとめるとや行の3個の音で、声門閉鎖音も沖縄語では重要な音です。それぞれ次の表音文字で表しています。すべて1音節で五十音にない音です。

(ʸや) ［ʔja］	(ʸゆ) ［ʔju］	(ʸよ) ［ʔjo］
（や）［ʼja］	（ゆ）［ʼju］	（よ）［ʼjo］

使用される言葉の例

- ʸやー：君。
- ʸやー如ーる人間：おまえごとき人間。（非難の意で言うから注意）
- ʸやーが言る如やさ：君が言うようにだよ。
- 言にすりば：言おうとすれば。「んぱで言にすりば」組踊（執心

- 21 -

鐘入）から。
・言み：言うか。「否で言み御宿」（干瀬節）から。
・言すや：言うのは。「我が物と言すや」組踊（銘苅子）から。
・よーいー：赤ん坊。「よーいー、よーいー」（遊び子持節）から。

　間違えて発音している人が多いので、練習してください。
　例えば、「否で言み」の場合は、「で」で切って、一瞬息を止めて次へ進むと、「ゆみ」と言葉に意味のある発音になります。「ゆみ」にならないように注意してください。違う言葉になるのは言うまでもありません。一瞬息を止める理屈は、しっかり理解してほしいと思います。単に工工四の文字面をなぞる仕事をやっている唄三線奏者の方々には、特に大切なことです。
　次はわ行にも３個の声門閉鎖音があります。子音の（わ）（ゐ）（ゑ）は音韻記号で［ ’wa］［ ’wi］［ ’we］です。「声門閉鎖音でない音」です。
　この３個の「声門閉鎖音」として［ ?wa］［ ?wi］［ ?we］があり、表音文字として、それぞれ次のように表します。これも１音節で沖縄語では重要な音になります。もちろん五十音にない音です。

　　　（ゐ）［ ?wa］　　　（ゐ）［ ?wi］　　　（ゑ）［ ?we］
　　　（わ）［ ’wa］　　　（ゐ）［ ’wi］　　　（ゑ）［ ’we］

使用される言葉の例

　　・ゐーば事：余計なこと。
　　・上辺清らーが内根性：表面は美しくて、内心は根性の悪い者。
　　・ゐーぬかみ：きたならしい者。
　　・追付き：追付き。「跡から追付き」組踊（執心鐘入）から。
　　・生ー立ちゃい：成長して。「互に生ー立ちゃい」組踊（銘苅子）
　　　から。
　　・御行合や：お目にかかることは。「約束ぬ御行合や」組踊（執心
　　　鐘入）から。
　　・ゑー嫁：お嫁さん。
　　・ゑんださん：やさしい。おとなしい。

　１音節ずつ丁寧に発音が出来るようにしなければならないです。
　組踊の唱えを聞いていると、「追付き」のところを「うっちき」と言う立ち方がいるが、別の言葉になります。点。あるいは、しるしとして付ける小さい標識のことです。
　宿の女が跡から追いすがって来るから「ゐ⊃き」です。

「ゐーば事」の発音は、難しく発音を指導している人がいます。[?waa]の発音は、[’waa]つまり（わー）をいう時は、息を止めないで言っているので、息を一瞬止めて（わー）を言うと、簡単に（ゐー）[?waa]の発音が出来ます。実験してみてください。

『（ん）と（わ）をきちんと区切って発音し、それを次第にちぢめていくと似た音を発音できるようになるでしょう』は、無理な指導方法です。

もう１つは、（ん）という子音にも「声門閉鎖音」があります。（ん）は音韻記号で書くと[’N]です。口を閉じて呼気が鼻から抜けている音です。

声門閉鎖音の音は、音韻記号で[?N]という音です。これは、一瞬息を止めて、[’N]を言えば、簡単に[?N]の音が出て、ほとんどの人が上手にできています。[?N]に対しては、（ん）という文字を使っています。これも五十音にない音です。日本語には、語頭「語のはじめ」に（ん）や（ん）の音がないから発音が曖昧になっているものと思われます。三線音楽に携わっている方々は、指導者をはじめ、でたらめに教えている方々がいます。勉強不足です。

（ん）[?N]
（ん）[’N]

使用される言葉の例

- 梅わ匂：梅は匂。「人わただ情き、梅わ匂」（柳節）から。
- 生まり：生まれ。「里が生まり島」（恩納節）から。
- 男生まりてん：男に生まれても。組踊（執心鐘入）から。
- 重らーさん：重々しい。品格がある。
- 稲まぢん：いなむら。農家の庭先に稲を積み重ねたもの。
- 無蔵連りて：愛しい恋人を連れて。（伊野波節）から。
- 昔事やすが：昔のことであるが。（ぢゃんな節）から。
- 昔成るじ：昔になるのか。「いな昔成るじ」（述懐節）から。

（ん）[’N]と（ん）[?N]については、音楽の道にありながら指導者も含めて区別がよく分かっていない方々がいるので、両方の音節について例をあげました。言葉に関心をいだかないから、言葉の持つ音がルーズになっているのではないかと思われます。

沖縄語では（ん）[?N]で始まる語句の発音は良いが、（ん）[’N]で始まるのも（ん）[?N]と発音している人がいます。沖縄語には、（ん）で始まる語は、上記のように昔、無蔵などたくさんあります。

琉歌演習では、事例を通して勉強していきたいと思います。

最後にあ行は、すべて声門閉鎖音であるが、沖縄語には「声門閉鎖音でない音」が３個あります。これらも大変重要な音です。誤解を与える指導のやり方をして

いるのか下手な人が非常に多いです。中間音だの、唇をゆるめろとか、柔らかい発音だとか、全く根拠のないことを言うのです。

　声門閉鎖音である（い）[?i]、（う）[?u]、（え）[?e]の３個のところに、３個の「声門閉鎖音でない音」があります。従って、音韻記号でいうと、[’i]、[’u]、[’e]という音です。まとめると、次のような表音文字で表します。

（ゐ）[’i]　　　（を）[’u]　　　（ゑ）[’e]
（い）[?i]　　　（う）[?u]　　　（え）[?e]

使用される言葉の例

・御縁：ご縁。「御縁無んさらみ」（散山節）から。
・拝ま：拝もう。「美ゅんち拝ま」（辺野喜節）から。
・えいさー：盆踊り。
・居る：いる。「蕾で居る花」（かじゃで風節）から。
・縁：縁。「縁がやゆら」（芋ぬ葉節）から。
・母や居らん：母はいない。組踊（銘苅子）から。

　発音のやり方は、母音（い）、（う）、（え）は、声門閉鎖音であるから、一瞬息を止めて発声しているので、今度は逆に息を止めないで、（い）[?i]、（う）[?u]、（え）[?e]、を発音してください。そうすると、簡単に（ゐ）[’i]、（を）[’u]、（ゑ）[’e]の音が出てきます。
実験してみてください。
　どうですか。実に簡単なことだと思います。
　さあ、これまで沖縄語独特の１音節の発音を勉強したが、言葉を使って発音の稽古をしないと、マスターしたことにはならないのです。
　沖縄語は、「大切だ、大切だ」と新聞紙上でも唱えているが、基礎的な勉強の積み重ねがなかったので、沖縄語は下手になり低俗化してきているのでしょう。10年間「大切だ、大切だ」と唱えても進歩しないでしょう。早く基礎的な教材を作って勉強を始めないと、しまくとぅばは、将来を考えると低俗化してなくなる運命にあると思います。
　これまでに出てきた音をしっかり脳の中に植え付けると、後は調音器官（声門から上の音声器官）を何度も稽古して口の「フォーム作り」をすると、きれいな沖縄語に早く近づけるものと思います。そのためには、音読は大変良い手段だと考えております。
　筆者は、あえて五十音の「エの段」「オの段」も取り上げます。今 YouTube などで「うちなーぐち講座」と銘打って、知ったか振りで三母音を強調しているが、勉強不足です。筆者も三母音の傾向は認めるが、すべてではないでしょう。次の言葉はどうしますか。質問したいです。

- えーさち：挨拶。   ・けーゆん：帰る。
- えーじ：呼ぶこと。   ・けーるー：交換。
- おーじ：扇。   ・こーゆん：買う。
- おーゆん：喧嘩する。   ・こーれーぐす：唐辛子。

などなどたくさんあります。三母音に収めたら別の言葉になってしまいます。言葉の普及に関わっている方々は、正しく指導すべきです。

練習２

　それでは、「声門閉鎖音」と、「声門閉鎖音でない音」について例文を使って、しっかり声を出して練習しましょう。これは、沖縄語を発声するために口の形を作るのに大切なことであるから、発音に注意して何度も声高く読み上げることが重要です。出来るだけ語彙の数を増やすことも大切です。

　音読は脳を活性化させるにも効果があると報告されております。

　本来あるべき沖縄語の発音により口の形を作るので、少し疲れると思うが、何度も練習すると、なじむようになります。

　発音を鍛えるために、声門閉鎖音と声門閉鎖音でない音の言葉を混ぜて練習項目に入れてあります。音韻記号もよく注意して発音してください。促音は大文字の[Q]で表されています。

　（ゐー）［？waa]の発音は、難しく教えているので、注意してください。一瞬息を止めて（わー）［’waa]を言うと、声門閉鎖音の（ゐー）［？waa]の発音が上手になります。

　（ゐー）［？waa]というのは、沖縄語の「豚」のことです。

- 昔ん人ぬ話ー、良ー聞き。　　　　　　　　　　（昔の人の話は、よく聞け）
- んめー話ん良ー聞き。　　　　　　　　　　　　（お婆さんの話もよく聞け）
- うぬ魚ー、んじぬ多さん。　　　　　　（この魚は、とげが多い。んじ：とげ）
- んじ、あんやみ。　　（んじ：ほんと？。話の真偽を確かめる時発する語。そうか。「んじ」と「んじ」は発音を間違わないように）
- んじゃな葉や、薬やさ。　　　　　　　　　　　（わだんの葉は薬だよ）
- んじゃる三月ー、冷ーさたん。　　　　　　　　（去った三月は寒かった）
- あぬんじゃなーや、んじゃり者やん。　　　（あのどもる者は乱暴者である）
- 包丁んじゃすん。　　　　　　　　　　　　　　　　　（包丁を研ぐ）
- 手紙出じゃすん。　　　　　　　　　　　　　　　　　（手紙を出す）
- びれー。　　　　　　　　　　　　　　　　　　　　　　　（座れ）
- 入れー。　　　　　　　　　　　　　　　　　　　　　　　（入れ）
- 犬とまやーと縁結ぶん。　　　　　　　　　　　（犬と猫と縁を結ぶ）
- びーっ子［’iiQkwa]。　　　　　　　　　　　　　　　　（いい子）
- ゐーっ子［’wiiQkwa]。　　　　　　　　　　　　　　　　（甥）

- びっ子['iQkwa]。 （いい子、かわいい子、親切な人、大人に言ってもよい）
- 追ーゆん。 （追う）
- 折ーゆん。 （折る）
- 音ぬ悪さん。 （評判が悪い）
- 夫ぬ悪さん。 （夫が悪い）
- 夫びれーぬ悪さん。 （夫への接し方が悪い。びれー：付き合い。交際。）
- えー、あんどやるじ。 （おい、そうか）
- ゑー、あんどやるじ。 （まあ、そうなの）
- ゑー嫁ぬゑーゑー泣ちょーん。 （お嫁さんがおいおい泣いている）
- やー如ーる人間、今只今家から出じて行き。 （おまえ如き人間、今すぐ家を出て行け）
- 宿借らんで言すや。 （宿を借りようと言うのは。組踊、執心鐘入）
- 否で言み。 （否と言うか。干瀬節）
- よーいー小。 （赤ちゃん。かわいい幼子）
- よーいー、よーいー。 （泣く子をあやす声。遊び子持節）
- 首里ぬゐーか。 （首里のお位階。組踊、銘苅子）
- 稀ぬ御行合さらみ。 （めったにないお目にかかる事であろう。組踊、執心鐘入）
- ゐーりきさん。 （面白い）
- ゑーだい人。 （宮仕えの人。役人）
- ゑんださん。 （優しい。おとなしい）
- ゐーぬかみ[？waanukami]。 （きたならしい者）
- 御歩みせーん。 （お歩きになる。お元気でいらっしゃる）
- びーゐーちちやいびーんやー。 （いい天気ですねぇ）
- んぱで言にすりば。 （否だと言おうとすれば。組踊、執心鐘入）
- びーゆん['iijuN]。 （もらう）
- ゐーゆん['wiijuN]。 （酔う）
- ゑーゆん[？wiijuN]。 （植える）
- ゐー心地['wiigukuci]。 （酔い心地）
- びー心地['iigukuci]。 （居心地。すわり心地）
- びー心地['iikukuci]。 （いい気持ち）
- 伊集ぬ木ぬ側なかい溝ぬあん。 （伊集の木の側に溝がある）

③ （え）[？e]、（ゑ）[’e]の発音について

　これは、「声門閉鎖音」（え）[？e]と、それから「声門閉鎖音でない音」
（ゑ）[’e]です。この２つの発音は、口の形をうんと横に広げて（え）（ゑ）
を発音してください。どのように聞こえるかというと、（いえ）（ぃゑ）という
音が出ます。（いえ）は２音節になるので、音が違います。１音節が正しいです。
沖縄から出てくる書物に（いえ）と書いてあるのは間違いです。

　それでは実験してみてください。練習２で（え）と（ゑ）が入っている言葉を
もう一度練習してみてください。

　この（ゑー）[’ee]を上手に使うと、信頼し合える人間関係が生まれます。人
の話に傾聴するとき「ゑー、あんぢやいびーてぃぃ」と、うなずくなどです。

使用される言葉の例

> えー：おい。もし。目下の者へ呼び掛ける語。
> 　　　目上に言う時は、「えーさい。（男）、えーたい。（女）」
> ゑー：へえ。ほう。まあ。
> 　　　うなずく時に言う「ゑー、あんぢやいびーてぃぃ」

　音読の要領として、特に特徴的なものをまとめました。沖縄語には、豊かな音
がたくさんあるが、間違いやすいものだけ取り上げました。

　残りの沖縄語独特の音については、琉歌を音読するときに適切な音を身に付け
ていきます。

　練習では、取り上げなかったが、（くぃ）[kwi]の発音を出来ない人がいます。
唄三線の師範クラスにも下手な方々がいます。琉歌にも出てくる「波ぬ声ん止ま
り風ぬ声ん止まり……」の一音節の（くぃ）[kwi]です。（き）[ki]と発音している
人がいます。多分言葉に関心がなく、工工四の文字面をなぞる仕事をやっている
からではないかと思います。音楽家ではないでしょう。言葉に興味をもって細心
の注意を払っていただきたいと思います。

　さて、琉歌の話題になると、「琉歌を暗記すればよいですか」という方々がい
ますが、それはお勧めしません。

　受験勉強をやっているのではないので、いわゆる棒暗記は、つまらないことで
す。何故かというと、忘れるからです。

　言葉の音や意味も分かって、そこから出てくるイメージを描いて、そらんずる
ことが大切です。確実に自分の知的財産になります。沖縄語で文章を書くときに
も表現力が豊かになるものと思います。

　2020 年 7 月 31 日付で琉歌演習の論文も発表しました。琉歌の分野について、
実例を挙げて如何にお粗末なものかを示しました。沖縄県庁をあげて「しまくと
ぅば」普及の一環で、普及に携わる講師などを養成したにもかかわらず、このお
粗末な現状を見ると、専門家は何をして来たのか考えさせられます。一般的には、
3~5 年で専門家は育つといわれています。

　考えてみると、自分たちの文化を心から本当に大切にしようと思っているのだ
ろうか疑問に思うことがあります。機関誌等を見る限り話し言葉も低俗化してい

るし、劇場で一般観客に配布されるプログラムは、間違っていてもそのままコピーして使っています。

　文芸作品の基層となる言語の勉強は、おろそかになっていないだろうか振り返ってみる必要があると思います。

　しまくとぅばの普及に関わっている方々は、「大切だ！大切だ！」というのもよいが、このお粗末な状況をよく調べて、沈思黙考、つまり黙って深くじっくり考える時期にあると申し上げたいです。

　新聞紙上には、キーワードだけでも「公用語にせよ」、「母語を忘れるな」、「しまくとぅばは魂である」、「自立」、「アイデンティティー」などと説いているが、重要なこともあるでしょう。

　しかし、劇場へ行って訳の分からないプログラムが配布され、全く興味がわかないという次世代の若い方々がいる事を知ってほしいです。どうして分かるようにしてあげないのか、黙ってじっくり実学をやっていただきたいと思います。

　さて、練習1及び練習2では、日常よく使われた言葉や、1700（元禄13）年代の秀作から抜き出して発音の練習をやりました。

　指導者にお願いしたいのは、次世代の若い方々は、母語は日本語になっていることを念頭に置いて、沖縄語の音節体系からしっかり教えていただきたいと思います。日本語よりは豊かな音節をたくさん持っていることを有名な語句、あるいは琉歌から引用して発音を指導するのも1つの方法と考えています。

　その時、1音節ずつ丁寧に音読すると効果があります。

　例えば、尚敬王作の仲間節（なかまぶし）の一部を次のように引用します。これを1音節ずつ読み聞かせをやります。

　　　　我が身抓（みぷ）で見ちど余所ぬ上（ゆす）や知（し）ゆる

　これを次のように読みます。

　　　わ・が・み・ぷ・で・ん・ち・ど・ゆ・す・ぬ・ゐ・や・し・ゆ・る

　口の形、発音、息づかい、などを見せて読みます。

　その次に学習者に1音節ずつ読んでもらいます。不十分な発音は直してあげます。単に「違う、違う」と言って、屁理屈を言う指導者は、指導の座から降りてください。学習者にとっては迷惑な存在です。

　丁寧に指導していくと学習者も興味がわいて努力します。言葉の意味は後でも構いません。ここでは音が大切です。

　次に言葉を増やして行くと楽しくなります。「方言？？はネイティブに習え」と言う指導者はまがいものです。どこの人でも基本をマスターした人は、出来て当たり前です。頑張りましょう。

第Ⅲ章　　表記（補足）、舞踊節組、組踊（琉歌）

（1）沖縄語の拗音について

　11 ページ（図 1）で示した拗音について、もう少し補足すると次のようになります。日本語の拗音がすべて使われることではなく、また追加もあります。下記の表は、1986（昭和 61）年 7 月 1 日内閣告示第 1 号の現代仮名遣いの拗音について示したもので、取り消し線で示したのは沖縄語では使いません。また囲み線で示したのは追加分です。

　この追加分は、国語の拗音群の中に同居しているので、音読実験の結果うまく音読出来ることが分かりました。

　そして、沖縄語独特の音のためにこれ以上たくさんの拗音を増やすと、「**ぎなた読み**」を始めるし、沖縄語の音が失われることも分かってきました。

　今は、知ったか振りをしている人たちが、沖縄語の音を表わすのに無理して文字を組み合わせ、たくさんの拗音を作り出して表記しているので、言葉の響きは悪いと同時に言葉遣いは品位を欠いた人が目立ちます。人の心をひきつける力はなくなってきています。言葉の普及の阻害要因にもなっていると考えています。

きゃ	きゅ		きょ	ぎゃ	ぎゅ		ぎょ
しゃ	しゅ	しぇ	しょ	じゃ	じゅ	じぇ	じょ
[sja]	[sju]	[se]	[sjo]	[za]	[zu]	[ze]	[zo]
ちゃ	ちゅ	ちぇ	ちょ	ぢゃ	ぢゅ	ぢぇ	ぢょ
[ca]	[cu]	[ce]	[co]	[za]	[zu]	[ze]	[zo]
にゃ	にゅ		にょ				
[nja]	[nju]						
ひゃ	ひゅ		ひょ	びゃ	びゅ		びょ
[hja]	[hju]		[hjo]	[bja]	[bju]		[bjo]
				ぴゃ	ぴゅ		ぴょ
みゃ	みゅ		みょ	[pja]	[pju]		
[mja]	[mju]		[mjo]				
りゃ	りゅ		りょ				

つぁ		つぇ	つぉ	←	本書では使っていない。

　送り仮名について：送り仮名の付け方は、何をよりどころにして付けているのか、よく分からないものが氾濫しております。次世代の子どもたちの教育にも悪影響を及ぼすものと考えています。

本書では送り仮名の付け方については、内閣告示第 3 号「改正昭和 56 年 10 月 1 日」に準じております。

（2）琉球舞踊古典女七踊について、節組

　下記の節組は、野村流合同協議会発行・改訂版「舞踊節組歌詞集」によるものです。本書では節の分類は島袋盛敏著「増補琉歌大観」によるので、一部節名が異なります。番号を付与してあるのが本書の分類です。歌詞内容は同じです。
　例えば、「かしかき」は、最初「干瀬節」が歌われるが、本書では「081 七尺節」を見てください。

① 諸鈍
　　　　　・011 仲間節
　　　　　・012 諸鈍節
　　　　　・013 しょんがねー節

② 伊野波節
　　　　　・伊野波節「077 長伊平屋節」
　　　　　・002 恩納節
　　　　　・078 恩納節
　　　　　・079 恩納節

③ かしかき
　　　　　・干瀬節「081 七尺節」
　　　　　・七尺節「082 干瀬節」
　　　　　・七尺節「083 あがさ節」
　　　　　・084 さーさー節

④ 柳
　　　　　・004 中城はんた前節　　　　　・049 柳節

⑤ 本貫花
　　　　　・金武節「075 白瀬走川節」
　　　　　・021 白瀬走川節
　　　　　・076 白瀬走川節

⑥ 作田　（稲穂踊）　　　　　　　　（団扇踊）
　　　　　・073 作田節　　　　　　　・071 作田節
　　　　　・074 早作田節　　　　　　・072 早作田節

⑦ 天川
　　　　　・天川節「033 島尻天川節」　・034 仲順節

（３）琉歌　玉城朝薫作　組踊「五番」

　組踊「五番」とは、「五組」とも呼ばれ下記のように５つの演目をいいます。節の分類は、すべて伊波普猷著「後註琉球戯曲集」によるものです。一部「かじゃで風節」の歌詞内容が歌われているのがあります。例えば、二童敵討の「やりくぬし節」は、本書の「001 かじゃで風節」が使われています。

　味わいのある琉歌がたくさん使われています。琉球芸能の道にある方々は、すべてそらんずることが大切です。

　① 執心鐘入
　　　014 金武節　　　015 干瀬節　　　016 干瀬節　　　017 干瀬節
　　　018 七尺節　　　019 七尺節　　　020 散山節

　② 二童敵討
　　　093 すち節　　　094 仲村渠節　　095 散山節　　　096 伊野波節
　　　097 池当節　　　098 はべら節　　099 はべら節　　100 津堅節
　　　やりくぬし節「001 かじゃで風節」

　③ 銘苅子
　　　085 通水節　　　086 早作田節　　087 遊び子持節　　089 東江節
　　　090 東江節　　　088 子持節　　　091 立雲節　　　092 立雲節

　④ 女物狂
　　　051 すりかん節　　052 しーやーぷー節　　107 子持節
　　　106 散山節　　　立雲節「001 かじゃで風節」

　⑤ 孝行ぬ巻
　　　101 宇地泊節　　102 仲間節　　　103 本伊平屋節
　　　104 比屋定節　　105 屋慶名節　　屋慶名節「001 かじゃで風節」

（４）琉歌　平敷屋朝敏作　組踊「手水ぬ縁」

　組踊「手水ぬ縁」も素晴らしい秀作がたくさん使われています。琉歌だけでもじっくり味わっていると、組踊全体のドラマがイメージとして浮かんできます。組踊の台本も読み解きたくなります。

　　　108 池当節　　　109 通水節　　　110 早作田節
　　　034 仲順節　　　111 金武節　　　112 干瀬節
　　　113 仲風節　　　114 述懐節　　　115 散山節
　　　116 七尺節　　　117 七尺節　　　118 子持節
　　　119 東江節　　　120 立雲節　　　121 立雲節

第Ⅳ章　　　　琉歌をそらんずる(琉歌演習)

琉歌演習の使い方

　この琉歌演習のねらいは、歴史的仮名遣いで書かれた文章の言葉遣いを「話し言葉」に一致させて、現代仮名遣いで書くことが出来るようにするためにあります。そして、発音式仮名遣いは的確でなければならないです。

　沖縄の素晴らしい文芸作品は、歴史的仮名遣いのままで、その道の専門家は別として、多くの次世代の方々は、歴史的仮名遣いの作品を読み解くことは出来ません。それをあらゆる文献や、必要なら音源なども使って誰にでも分かるようにしようというものです。つまり書き言葉を話し言葉で琉歌を表わそうというものです。

　この琉歌演習は下記のように構成されています。
・33ページ以降の奇数ページは、劇場あたりで観客席に配布されるプログラムにあるような表記になっています。歴史的仮名遣い（書き言葉）になっているのがほとんどです。

　　初心者には、何を書いてあるのか分からないものとなっています。
・34ページ以降の偶数ページは、現代仮名遣いに直したもので、正確な発音で誰にでも音読が出来るようになっています。言葉の意味も分かるので、そらんじながら、その作品からイメージを作ることが出来ます。もちろん沖縄語の口語の知識がなければなりません。

　　初めて沖縄語を習う方は、口語（首里の言葉）の勉強を始めて出来るだけ語彙を豊富に持つことが大切です。

　使い方の一例
・座学で教材として使う場合は、奇数ページを学習者に与えて、この書き言葉を話し言葉に直して的確に音読が出来るか試してみてください。普段から琉歌をそらんじている人は、歴史的仮名遣いであっても、すらすら音読が出来ると思います。指導者は、当然音読が出来て説明も出来なければなりません。

　　初心者には、難しいので、奇数ページの解説や問題点などを参考にすることが出来るようにしました。
・偶数ページはフィードバックのページになっているので、的確な発音で音読が出来たか確認を行い自己評価が出来るようにしました。

　　初心者は、琉歌の意味も分かって何度も音読して自分の知的財産にしていただければありがたいです。語句の意味も付けるようにしました。

　　琉球芸能の道にある方々は、100首以上は目標にしてそらんじなければならないと考えています。単なる棒暗記は、つまらないことであるので止めてください。かえって苦痛になります。言葉の音や意味も分かってこそ、イメージが湧いてくるのです。舞踊であれば、音楽に合わせて身体をリズミカルに連続して動かし、感情・意志などを表現する芸術になるものと思っています。

　　最近は、何を表現しているのか、ロボット踊のようなものが目につきます。

琉歌演習

演習問題1

　ご存じのように日本語は、1946年11月に内閣から「現代かなづかい」が告示されるまで「歴史的仮名遣い」を使っておりました。そして40年後の1986年7月1日に今の「現代仮名遣い」になりました。

　しかし、沖縄の言葉は、下記の琉歌のように「歴史的仮名遣い」のままで、現在も続いています。琉歌や組踊の台本などは、難しい問題ではないのに、誰も「現代仮名遣い」に直そうとはしません。そのまま「歴史的仮名遣い」を使い、その道にある方々までも琉歌などの解釈に間違いが多く、お粗末な状況にあります。そして、多くの次世代や他府県の方々には分からないものになりました。

　劇場あたりでは、観客に分からない「歴史的仮名遣い」で書かれたプログラムを配布しているのが見られます。また演者たちの中には、座学でしっかり勉強していないから、一流の芸能家は別として意味も分からないまま踊ったりして、唄っているのは表現力に乏しいです。

　この問題は、もっとドラスティック（思い切ったやり方）に琉歌の勉強をやらない限り、沖縄の文化は形を変えながら低俗化して、闇の夜の小路を歩むでしょう。

　琉歌研究会のような組織もあると聞いているが、観客に提示されたプログラムを見る限り、成果は何も出ておらず、何をやっているのか目的がはっきりしません。実学をやらなければならないと考えております。

　そこで、下記の「歴史的仮名遣い」の琉歌を言文一致、つまり、文章の言葉遣いを話し言葉に一致させて適切に「現代仮名遣い」を使って直してください。

　また、その歌意は共通語で書いてください。そして直した文を音読して憶えましょう。

　初心者は、フィードバックのページで直された琉歌を音読して憶えましょう。その歌意からイメージをして、つまり心の中に浮かべる像を描くと憶えるのが楽しくなります。黙読はせず、音読して言葉の音を憶えましょう。黙読だけでは、言葉の音は身に付きません。

「島袋盛敏著　増補琉歌大観から原文のまま引用」

けふのほこらしやや　なをにぎやなたてる

　　　　　　つぼでをる花の　露きやたこと

恩納松下に　禁止の牌の立ちゆす

　　　　恋忍ぶまでの　禁止やないさめ

演習問題1のフィードバック

かじゃで風節（ふーぶし）

001 今日（きゆ）ぬふくらしゃや　何（なを）にじゃな譬（たて）る

　　　　　蕾（つぶ）で居る花（はな）ぬ　露行逢（つゆちゃ）た如（ぐと）

今日の嬉しさは、何にたとえようか。蕾んでいる花が、朝露に逢って咲き開いたようだ。

恩納節（うんなぶし）

002 恩納松下（うんなまつした）に　禁止（ちじ）ぬ牌（ふ）ぬ立（た）ちゅす

　　　　　恋忍（くいしぬ）ぶ迄（まで）ぬ　禁止（ちじ）や無（ね）さみ

恩納番所前の松の木の下に、禁止令を書いた立札が立っているが、まさか恋をすることまで禁じたものではあるまい。

語句の説明など：（語句は本文では活用されているのもある）
・ふくらしゃ：嬉しさ。喜ばしさ。「ふくらしゃん：嬉しい。喜ばしい。名詞化したものが、ふくらしゃ」
・何（なを）にじゃな譬（たて）る：何にたとえようか。
・じゃな：〜か。日本語の（がな）にあたる。
・ぬ：が。「花ぬ：花が」
・行逢（ちゃ）た如（ぐと）：行逢った如し。「（口語）行逢ゆん：行き合う。出会う。音数律を整えるために（い）が脱落して（ちゃ）になっている。一音になっている」
・如（ぐと）：ごとく。ように。
・〜さみ：〜なのだぞ。〜なんだよ。「無（ね）さみ：ないのだぞ」

この頁の沖縄文字（読み方＝すべて一音で読む）
　で＝ディ、を＝ヲゥ、て＝ティ、つ＝ツィ、と＝トゥ、ふ＝フェ、す＝スィ。

- 34 -

琉歌演習

演習問題2

　沖縄の言葉において、書く文化を育ててこなかったので、書くことが非常に無頓着になっています。それは、機関誌や年賀状などの沖縄語による文章を読むことにより分かってきました。

　何故そうなったかは、考えられるのがいくつかあります。その1つに、沖縄語の「音節の体系」がよく理解されていないことが挙げられます。従って、歴史的仮名遣いから言文一致で適切に現代仮名遣いを使って書けないのです。即ち、現代仮名遣いの口語文で的確に発音通りに文をつづれないのが多く見られます。このことは、きちっと音節を把握していないからだと考えています。

　また機関誌などで書かれた文を読んでいると、筋の通らない文になっていて、いったい何を言いたいのかよく分からない文に出会うこともあります。もちろん、間違いもあり表現力に乏しいです。次世代へきちんと渡せないものが多いです。ほんとうに恥ずかしいことです。

　このような状況の中で、私たちは、沖縄語の口語の分野の基礎を着実に学びながら、先人たちが残した素晴らしい文に触れて、文芸作品を味わうことは価値のあることだと思います。

　それでは、下記の歴史的仮名遣いの琉歌を言文一致で、現代仮名遣いを使って沖縄語で書いてください。そして、その歌意は共通語で書いてください。直した文を音読して憶えましょう。

「島袋盛敏著　増補琉歌大観から原文のまま引用」

とれの伊平屋岳（いへやだけ）や　うきやがてど見ゆる

　　　　　　　遊であす　うきやがゆる　我玉黄金（わたまこがね）

飛び立ちゆるはべる　まづよまてつれら

　　　　　　　我身（わみ）や花の本（もと）　知らぬあもの

演習問題２のフィードバック

長伊平屋節
003 とりぬ伊平屋岳や　浮ちゃがてぃど見ゆる
遊でぃ浮ちゃがゆる　我玉黄金

凪ぎの日の伊平屋岳は、波の上にくっきりと浮き上がって見える。それと同じように、踊り衆の中で、際立って立派に見えるのは、我が愛しい子である。

中城 はんた前節
004 飛び立ちゅるはべる　先ずゆ待てぃ連りら
我身や花ぬ本　知らぬあむぬ

飛び立つ蝶よ、ちょっと待ってくれ、一緒に連れ立って行きたい。私は花のもとが、何処だか分からないから。

語句の説明など：（語句は本文では活用されているのもある）
・とぅり：凪。「（口語）とぅりゆん：凪ぐ。風がやむ」
・浮ちゃがゆん：浮き上がる。模様などが鮮明になる。
・遊ぶん：遊ぶ。仕事をしないでいる。唄三線、踊などに興ずる。
・ど：ぞ。こそ。「強意の助詞で口語でもよく使われる。命ど宝：命こそ宝である」
・玉黄金：玉や黄金（のように大事なもの）。ここでは、愛しい子や愛する人の呼称。
・はべる：蝶。「（口語）はべる、（文語）はびる、文語でも（はべる）ということもある」
・先ず：先ず。しばらく。
・〜むぬ：〜ものを。〜のに。〜から。

この頁の沖縄文字（読み方＝すべて一音で読む）
とぅ＝トゥ、てぃ＝ティ、ど＝ドゥ、すぃ＝スィ、でぃ＝ディ、ずぃ＝ズィ、つぃ＝ツィ。

琉歌演習

演習問題３

　これまで勉強してきた次の琉歌と、ここで取り上げる「くて節」の五節は御前風と呼び、王国時代は、王の前で奏しました。祝賀の席では、まずこの五節を奏してから、他の節に移っています。

かじゃで風節
恩納節
中城はんた前節
くて節
長伊平屋節

　最近は、何故か作品を味わうことなく、文の分節をやって表記する方々がいるが、それを観客席で配って分からなくしています。そして、何年経っても、作品の読み方や、歌意を明確に理解していないのはどういうことでしょうか。
　本書では、言文一致で詠むことと、歌意が分かってそらんずることが重要です。
　それでは、下記の歴史的仮名遣いの琉歌を言文一致で、現代仮名遣いを使って沖縄語で書いてください。そして、その歌意は共通語で書いてください。直した文を音読して憶えましょう。
　黙読はせず、音読して言葉の音を憶えましょう。黙読だけでは、言葉の音は身に付きません。

「島袋盛敏著　増補琉歌大観から原文のまま引用」

ときはなる松の　変ることないさめ
　　　　　いつも春くれば　色どまさる

伊集の木の花や　あんきよらさ咲きゆり
　　　　わぬも伊集のごと　真白咲かな

- 37 -

くてぃ節

005 常盤成る松ぬ　変わる事無さみ

何時ん春来りば　色ど勝る

常盤なる松は、とこしえに変わることはあるまい。いつも春が来れば、濃い緑の色が
まさるばかりだ。

辺野喜節

006 伊集ぬ木ぬ花や　あん清らさ咲ちゅい

我ぬん伊集ぬ如　真白咲かな

伊集の木の花は、あんなにきれいに咲いているし、私も伊集の花のように、真っ白に
美しく咲きたい。

語句の説明など：（語句は本文では活用されているのもある）

・〜さみ：〜なのだぞ。〜なんだよ。「無さみ：ないのだぞ」
・ど：ぞ。こそ。「強意の助詞で口語でもよく使われる。我んねー、まやーどやる：私こそ猫なんだ」
・あん：あんなに。あのように。
・我ぬん：私も。「文語ではこういう言い方が使われる。口語では、（我んにん）という」
・如：ごとく。ように。
・〜な：希望の接尾語。「咲かな：咲きたい」
・伊集（いじゅ）は、伊集（んじゅ）と発音しているのもある。

この頁の沖縄文字（読み方＝すべて一音で読む）
ぃ゙＝ティ、ど゙＝トゥ、ま゚＝ツィ、ど゚＝ドゥ、ん゙＝「ん」の声門閉鎖音。

琉歌演習

演習問題 4

　漢字のもつ本来の意味に関わらず、音や訓を借りてあてはめる表記をする人が多く、琉歌の解釈に誤解を与えています。いわゆる当て字の使用です。万葉仮名と錯覚しているのだろうか。

　実例を挙げると、琉球歌加留多「ねゐてぃぶ」発行にある出砂節『出 砂 ぬ忌部や 泉 抱持てる思子抱ち持てる渡名喜 里 之子』(原文のまま) の「持てる」は、見当外れです。持てるとは、何のことか分からなくなります。「むてる」は、口語の「むてーゆん」のことであり、「むてーゆる」の音数律を整えるために「むてる」にしています。意味は「繁茂する。栄える」です。

　この後も、当て字をたくさん使って琉歌の解釈を間違えている例を紹介します。知ったか振りをして当て字を使っている書物が氾濫しているが、漢字を使う時は、慎重にしなければならないです。

　それでは、下記の歴史的仮名遣いの琉歌を言文一致で、現代仮名遣いを使い、当て字を使わないで沖縄語で書いてください。そして、その歌意は共通語で書いてください。直した文を音読して憶えましょう。

「島袋盛敏著　増補琉歌大観から原文のまま引用」

出砂のいべや　泉抱きもたえる
　　　　思子抱きもたえる　とのち里之子

御縁あて弟ぎや　いきやて嬉しさや
　　　　　うちはれて遊べ　わぬも遊ば

演習問題4のフィードバック

出砂節
<ruby>出砂<rt>いでぃすな</rt></ruby><ruby>節<rt>ぶし</rt></ruby>

007 <ruby>出砂<rt>いでぃすな</rt></ruby>ぬ<ruby>威部<rt>いび</rt></ruby>や　<ruby>泉<rt>いずみ</rt></ruby><ruby>抱<rt>だ</rt></ruby>ちむてる

　　<ruby>思子<rt>うみぐゎ</rt></ruby><ruby>抱<rt>だ</rt></ruby>ちむてる　とぅぬち<ruby>里之子<rt>さとぅぬし</rt></ruby>

渡名喜島の出砂の拝所は、泉を前に控えて神神しい趣で栄え、渡名喜里之子は幼君を守り育てて栄えている。

御縁節
<ruby>御縁<rt>ぐぃんぶし</rt></ruby><ruby>節<rt></rt></ruby>

008 <ruby>御縁<rt>ぐぃん</rt></ruby>あてぃ<ruby>弟<rt>うど</rt></ruby>じゃ　<ruby>行逢<rt>いちゃ</rt></ruby>てぃ<ruby>嬉<rt>うり</rt></ruby>しさや

　　うち<ruby>晴<rt>は</rt></ruby>りてぃ<ruby>遊<rt>あすぃ</rt></ruby>び　<ruby>我<rt>わ</rt></ruby>ぬん<ruby>遊<rt>あすぃ</rt></ruby>ば

別れ別れになっていた弟たちが、兄弟の縁があって今日皆と会ったのは、大変うれしい。皆遠慮なく思う存分遊んでくれ。私も今日は、思いっきり遊ぼう。

語句の説明など：（語句は本文では活用されているのもある）
- <ruby>出砂<rt>いでぃすな</rt></ruby>：地名。
- <ruby>威部<rt>いび</rt></ruby>：神の居る場所。また、神。
- むてる：太る。茂る。栄える。「（口語）むてーゆん。むてーゆる」
- <ruby>思子<rt>うみぐゎ</rt></ruby>：主人の子、または、目上の人の子に対する敬称。お子さま。
- <ruby>里之子<rt>さとぅぬし</rt></ruby>：位階の名。脇地頭（一村の領主）になりうる士族の位階。<ruby><rt>わちじどー</rt></ruby>
- <ruby>御縁<rt>ぐぃん</rt></ruby>：ご縁。「発音の注意点、（ぐ）と（ぃ）の間は息を止めないこと。唄う時に間が長く続いて、息継ぎをする場合があるが、その時でも息を止めないこと。息を止めると（ぃ）は（い）の発音になり、<ruby>御犬<rt>ぐぃん</rt></ruby>となる」
- <ruby>弟<rt>うど</rt></ruby>じゃ：兄弟姉妹を総称していう。
- <ruby>行逢<rt>いちゃ</rt></ruby>ゆん：行きあう。出会う。
- うち<ruby>晴<rt>は</rt></ruby>りゆん：晴れあがる。愉快に楽しむ。遠慮なく思う存分にくつろぐ。
- うち<ruby>晴<rt>は</rt></ruby>りてぃ<ruby>遊<rt>あすぃ</rt></ruby>び：思う存分遊べ。

この頁の沖縄文字（読み方＝すべて一音で読む）
　でぃ＝ディ、すぃ＝スィ、ぐゎ＝グヮ、とぅ＝トゥ、ぃ＝「い」の声門閉鎖音でない音、てぃ＝ティ。

琉歌演習

演習問題5

真福地ぬふぇーちょー節

真福地の盃は、元に帰るということを縁起の良いものとして、旅に出る者のある家で祝って歌ったものであるといわれています。高嶺間切国吉村に発生した歌といわれています。

ちるりん節

長者の大主の百歳の祝に、若者たちが威勢よく踊りはねして遊ぶ時の曲で、転じて各種の祝にもいつでも威勢を張る場合に歌った歌曲とされています。

大宜味間切に起こった歌だといわれています。

それでは、お祝いの席で歌われる琉歌を味わってみましょう。

本書では、言文一致で詠むことと、歌意が分かってそらんじることが重要です。

下記の歴史的仮名遣いの琉歌を言文一致で、現代仮名遣いを使って沖縄語で書いてください。そして、その歌意は共通語で書いてください。

現代仮名遣いは沖縄語の音であることは言うまでもありません。そして直した文を音読して憶えましょう。

「島袋盛敏著 増補琉歌大観から原文のまま引用」

真福地のはいちやうや　嘉例なものさらめ

いきめぐりめぐり　元につきやさ

子孫そろて　願たごとかなて

大主の百歳　お祝しやべら

- 41 -

演習問題5のフィードバック

真福地ぬふぇーちょー節
009 真福地ぬふぇちょや　嘉例なむぬさらみ
　　　　　　行ち巡い巡い　元に着ちゃさ

真福地の盃は、縁起の良いものである。巡り巡って、また元のところへ帰ってきた。

ちるりん節
010 くわ孫揃てぃ　願た如叶てぃ
　　　　　　大主ぬ百歳　御祝しゃびら

子や孫が揃ってお願いしていた通り、大主が百歳の長寿を保たれたので、皆でお祝いしましょう。

語句の説明など：（語句は本文では活用されているのもある）
・真福地：福地という地名の美称。
・ふぇちょ：盃。「口語で、はいまー：杯。田舎の酒宴などで、一つの杯と徳利とを、飲んで次々に早く回すことからいう」
・嘉例なむぬ：嘉例なもの。めでたいもの。縁起物。成功した人の土産など。
・〜さらみ：〜であろうぞ。「であろう」の意を強調して表わす。
・くわ：子。「口語では、（っ子）であるが、ここでは（くわ）と発音する。野村流音楽協会の工工四による」
・孫：「発音は、間違わないように。（うまが）と言う人がいるが、（んまが）が正しい。（ん）の発音を一瞬、息を止めて言うと（ん）になる」
・如：ごと。ごとく。よう。ように。
・願た如叶てぃ：願いのように、願った通り叶えられて。
・大主：長者。村の頭。一族の頭。

この頁の沖縄文字（読み方＝すべて一音で読む）
　ふぇ＝フェ、どぅ＝トゥ、ツィ＝ツィ、ん＝「ん」の声門閉鎖音、てぃ＝ティ。

琉歌演習

演習問題６

　劇場あたりで配布されているプログラムにある琉歌の解釈は、間違ったものが載せられているのには、呆れてしまいます。文芸作品の解釈が、お粗末な状況にあるのを遺憾に思っています。放任して思うままにさせているのかと考えさせられます。監修する仕組みづくりの機能を充実させないと、沖縄の文化はどんどん低俗のものになるのではないかと将来を危惧しております。

　例えば、琉球古典音楽安冨祖流弦聲会創立 90 周年記念公演「万国津梁の音」のプログラムには、琉球舞踊古典女七踊のうち、「諸鈍」の「出じ羽」で使っている琉歌「仲間節(なかまぶし)」の解釈が問題です。下記の琉歌に対して、その歌意は『恋の恨みをどうして他人に語られよう。そよ風と共にこっそりお会いしに行こう』(原文のまま) となっています。

　ほんとにこれでよいか考えてください。

　「諸鈍」は、琉球舞踊古典女七踊の中では「伊野波節(ぬふぁぶし)」と並び、最も難しいとされています。下記の琉歌は、「諸鈍(しゅどん)」の出じ羽(ん)と中踊(なかをどい)で使われているものです。入り羽(い ふぁ)で使われている琉歌は演習問題 7 で勉強します。

　下記の歴史的仮名遣いの琉歌を言文一致で、現代仮名遣いを使って沖縄語で書いてください。そして、その歌意は共通語で書いてください。直した文を音読して憶えましょう。

　黙読はせず、音読して言葉の音を憶えましょう。黙読だけでは、言葉の音は身に付きません。

「島袋盛敏著　増補琉歌大観から原文のまま引用」

思事(おもこと)のあても　よそに語られめ

　　　　　面影とつれて　忍で拝ま

枕ならべたる　夢のつれなさや

　　　　　月やいりさがて　冬の夜半

- 43 -

演習問題 6 のフィードバック

仲間節
なかまぶし

011 思事ぬあてぃん　余所に語らりみ
　　うむくと　　　　　　ゆ　す　　かた

　　　　　　面影ぅ連りてぃ　忍でぃ拝ま
　　　　　　うむかじ　　ⅶり　　　しぬ　　をが

　　　思う事があっても、よその人に語れるものではない。あの人の面影と連れだってひそ
　　　かに忍んでお会いし、積もる思いを語りたい。

諸鈍節
しゅどんぶし

012 枕 並びたる　夢ぬⅶりなさや
　　まくらなら　　　　　いみ

　　　　　　月やいり下がてぃ　冬ぬ夜半
　　　　　　ⅶち　　　　さ　　　　　　ふゆ　や　ふぁん

　　　あの方と枕を並べて寝ている見た夢のつれないことよ、ふと目が覚めると、月は西に
　　　没し去ろうとして、冬の夜半がことさらにわびしい。

語句の説明など：（語句は本文では活用されているのもある）
・思事ぬあてぃん：思う事があっても。
　うむくと
・余所：よそ。よその人。他人。
　ゆ　す
・語らりみ：語られるか。「（み）は疑問の形。断定を強めるために、言いたい
　かた
　　内容の肯定と否定とを反対にし、かつ疑問の形にした表現。語られない。琉歌
　　でも、このような表現方法は多い」
・拝むん：（神仏を）拝む。お会いする。拝見する。「拝ま：お会いしよう。御
　　をが　　　　　　　　　　　　　　　　　　　　　　　　　　　　　　　をが　　　　　　　　　う
　　話 拝むん：お話をする」
　　はなしをが
・ⅶりなさん：つれない。情ない。
・いり下がてぃ：西の方に傾いて。「東（あがり）、西（いり）、南（ふぇー）、北
　　　さ
　　（にし）となる」

この頁の沖縄文字（読み方＝すべて一音で読む）
　とぅ＝トゥ、てぃ＝ティ、ⅶ＝ツィ、でぃ＝ディ、を＝ヲゥ、どぅ＝ドゥ、ふぁ＝フヮ。

琉歌演習

演習問題7

　演習問題6では、琉球舞踊古典女七踊の最高峰「諸鈍」の出じ羽、中踊を取り上げたが、しょんがねー節は、入り羽で使われる琉歌です。この3つの琉歌を何度も音読して味わってください。

　組踊「執心鐘入」では、琉歌が7首使われています。これから順次取り上げるが、最初に下記の金武節を見てみましょう。

　1997（平成9）年4月1日にNHKから出版された「日本の伝統芸能」に紹介されている金武節の歌意は、『照る陽は西に傾き影は布の長さになっても首里へのご奉公があって一人で行くのだ』（原文のまま）とあります。この文は、どういう意味か分かりますか。影は布の長さにならなくても行くのですか。考えてみてください。これは劇場あたりで配布されているプログラムに23年経った今でもコピーして使われています。

　ここでいう布丈は、一反の布の長さで、よく使われる言葉です。ここでは日は布の長さほどに地平線に迫り、日が暮れているのを形容する意味で使っています。つまり、お日さまと地平線の幅が布の長さで短くなっているという意味です。日常の話し言葉でも使っていた言葉です。この書物「日本の伝統芸能」は他にも意味不明な解釈があります。

　下記の歴史的仮名遣いの琉歌を言文一致で、現代仮名遣いを使って沖縄語で書いてください。そして、その歌意は共通語で書いてください。直した文を音読して憶えましょう。

「島袋盛敏著　増補琉歌大観から原文のまま引用」

別て面影の　立たば伽めしやうれ

　　　なれし匂袖に　うつちあもの

「伊波普猷全集　第3巻から原文のまま引用」

照るてだや西に　布だけになても、

　　　首里みやだいりやてど　ひちより行きゆる。

しょんがね一節
013別て面影ぬ　立たば伽みしょり
　　　　慣りし匂袖に　移ちあむぬ

別れて後、私の面影を思い出された時は、この着物を出して慰めの相手にしてください。私の匂いを袖に移してあるから。

金武節
014照るてぃだや西に　布丈に成てぃん
　　　　首里みゃでいやてぃぞ　一人行ちゅる

お日さまは西に傾いて、布の長さほどに地平線に迫り暮れているが、首里に公用があって一人で行くのである。

語句の説明など：（語句は本文では活用されているのもある）
・伽：相手となって慰めること。「日本語の伽の意味と同じ」
・～みしょり：～なさる。「（尊敬の敬語を作る接尾語）伽みしょり：つれづれを慰めてください」
・～むぬ：～ものを。～のに。～から。「あむぬ：あるから」
・てぃだ：太陽。お日さま。「口語では、てぃーだ。音数律を整えるために長音符号が脱落している。文語においては、これからもよく出てくる」
・布丈に成てぃん：日は布の長さほどに地平線に迫り日が暮れているが。
・みゃでい：王府への御奉公。
・～ぞ：ぞ。こそ。「強意の助詞で口語でもよく使われる。あれー、盗人どやる：あの者こそ泥棒なんだ」
・組踊の表記に関しては、すべて伊波普猷全集　第3巻に従っている。但し、句読点は除いてある。

この頁の沖縄文字（読み方＝すべて一音で読む）
　てぃ＝ティ、ど＝トゥ、でぃ＝ディ、ツィ＝ツィ、ぞ＝ドゥ、ふぃ＝フイ。

琉歌演習

演習問題８

　組踊「執心鐘入」では、7首の琉歌が使われています。金武節、3首の干瀬節、2首の七尺節そして散山節です。作者はすべて玉城朝薫です。

　執心鐘入のストーリー（物語）を理解するには、これらの琉歌を理解することは、非常に大切なことです。

　琉歌の解釈に間違いが散見され、言葉の素養を疑わざるを得ないのが目につくが、ここでは、1つ1つの音節の発音も大切であるので、干瀬節に出てくる (ゆ)[ʔju]の音を取り上げましょう。

　物語を構成しているのは、琉歌の文言と唱えの文言が一緒になっているから、発音が悪いと、何を言っているのか物語が分からなくなります。

　「否で言み御宿」というのがあるが、音読の時、あるいは唄う時、発音に注意しなければならないのは、文の中に (ゆ)[ʔju]と (ゆ)[’ju]の音が続けて出てくるので、明瞭にすることです。言葉が持つ音を知らなさすぎる唄三線を演奏する人は、特に注意する必要があります。単に工工四をなぞって声出しや、三線の音をテンテン出しているのが見られるからです。

　(ゆ)[’ju]は五十音の子音であるから、息を止めないで発声しています。しかし、 (ゆ)[ʔju]は、声門閉鎖音の音節だから、一瞬息を止めると、明確に発音できます。つまり、(否で)で切って、一瞬息を止めて(ゆ)を言うとよいです。練習してみてください。

　下記の歴史的仮名遣いの琉歌を言文一致で、現代仮名遣いを使って沖縄語で書いてください。そして、その歌意は共通語で書いてください。直した文を音読して憶えましょう。

「伊波普猷全集　第3巻から原文のまま引用」

里と思ば、のよで　いやでいふめ御宿。
　　　　　　冬の夜のよすが　互に語やべら。

及ばらぬ里と　かねてから知らば、
　　　　のよで悪縁の　袖に結びやべが。

演習問題8のフィードバック

干瀬節(ふしぶし)
015 里(さと)と思(み)ばぬゆでぃ　否(いや)でぃ言(ゆ)み御宿(うやどぅ)
　　　冬(ふゆ)ぬ夜(ゆ)ぬ夜(ゆ)すが　互(たげ)に語(かた)やびら

恋しいお方と思えば、どうしてお宿を否と言えましょうか。冬の夜の夜もすがら互い
に語りましょう。

干瀬節(ふしぶし)
016 及(うゆ)ばらん里(さと)と　予(かに)でぃから知(し)らば
　　　ぬゆでぃ悪縁(あくゐん)ぬ　袖(すでぃ)に結(むす)びゃびが

及ばぬあの方への恋と予てから知っていたら、どうして悪縁の袖に結びましょうか。

語句の説明など：（語句は本文では活用されているのもある）
・里(さと)：女が男の恋人を言う語。
・里(さと)と思(み)ば：恋しいあなたと思えば。「（思ば）の（う(うみ)）が脱落している。音数
　律を整えるために、韻文ではよくある」
・ぬゆでぃ：なんで。どうして。「口語では、何んち(ぬー)」
・夜(ゆ)すが：よもすがら。終夜。
・結(むす)びゃびが：結びましょうか。「口語での（結びゃびー(むし)が）の長音符号が脱落
　している」
・上記2首は、8・8・8・8調になっているのが特徴である。

この頁の沖縄文字（読み方＝すべて一音で読む）
　ふぃ＝フィ、とぅ＝トゥ、でぃ＝ディ、ゆ＝「ゆ」の声門閉鎖音、どぅ＝ドゥ、すぃ＝スィ、てぃ＝ティ、
　ゐ＝「い」の声門閉鎖音でない音。

- 48 -

琉歌演習

演習問題９

　筆者は、これまで口語の分野であるが、多くの沖縄語の文に触れてきました。そして、添削などもたくさんやってきた経験から言えることは、沖縄語の音節の体系がよく理解されていないことが挙げられます。従って発音通りに書こうとする仮名遣いが出来なくなっています。間違いも多いです。

　表記法が確立されていないから書くのが難しいという人がいるが、それは真っ赤なうそです。きちっと書けないから出来ない理由を言っているだけです。ローマ字がよいという意見の人は、まず作品を書いて発表してほしいです。

　どんな表記法であれ音節は大切です。本書では第Ⅰ章と第Ⅱ章にまとめたので、第Ⅱ章で何度も練習して口のフォームを作ってください。

　１音節ずつ丁寧に発音することが大切です。難しくないのに出来の悪い指導者が、難しく指導しているのが現状でしょう。

　下記の歴史的仮名遣いの琉歌を言文一致で、現代仮名遣いを使って沖縄語で書いてください。そして、その歌意は共通語で書いてください。直した文を音読して憶えましょう。

　初心者は、黙読はせず、フィードバックのページを何度も音読して言葉の音を憶えましょう。黙読だけでは、言葉の音は身に付きません。

「伊波普猷全集　第３巻から原文のまま引用」

悪縁の結で、はなちはなされめ。
　　　　ふり捨てゝいかは、一道だいもの。

露の身はやとて、自由ならぬよりや、
　　　　里とまいて、互に　一道ならに。

演習問題９のフィードバック

干瀬節 (ふぃしぶし)

017 悪縁ぬ結で　離ち離さりみ
　　　　振り捨てて行かわ　一道でむぬ

> 悪縁が結ばれて離そうとしても離せるものか。もしも私を振り捨てて行ったら諸共に死ぬばかりだ。

七尺節 (しちしゃくぶし)

018 露ぬ身わやとて　自由成らんゆいや
　　　　里とめて互に　一道成らに

> 露のようなはかない身であって、思い通りにならないよりは、むしろ、あの方を捜して、ともに死んでしまおう。

語句の説明など：（語句は本文では活用されているのもある）

・悪縁：「悪の（く）で息を止めたら、次の（じ）は（い）の音に替わり、悪犬になるので発音に注意すること。指導者にも知らないのがいる」
・離さりみ：離されるか。「（み）は疑問の形。断定を強めるために、言いたい内容の肯定と否定とを反対にし、かつ疑問の形にした表現」
・一道：日本語の一道と同じで死出の道、あるいは冥土。
・〜でむぬ：〜であるから。〜なので。
・露ぬ身：日本語の露の身と同じ意味で、露のように消えやすくはかない命。
・やとて：であって。
・自由成らん：思い通りにならない。「300年の昔に自由という言葉があるのは興味深い」
・ゆいや：よりは。
・里：女が男の恋人を言う語。
・とめて：拾って。捜し求めて。「口語では、とめーて。とめーゆん」

この頁の沖縄文字（読み方＝すべて一音で読む）
ふぃ＝フィ、い゙＝「い」の声門閉鎖音でない音、すィ＝スィ、で゙＝ディ、てぃ＝ティ、つィ＝ツィ、とぅ＝トゥ。

琉歌演習

演習問題10

　組踊「執心鐘入」で使っている琉歌の残り2首を勉強します。七尺節と散山節です。

　劇場あたりで配布されているプログラムにある散山節の歌意が、誤解をしているようです。『この世では貴方とはご縁がないのだ一人思い焦がれて死ぬのが辛い』（原文のまま）としています。「死ぬが心気」の意味は、「死ぬのが辛い」でよいか考えてください。何故この場面で「死ぬのが辛い」ですか。

　ほんとに死ぬのか。散山節では、思うようにならず、くさくさする。あるいは、じれったくイライラする気持ちを詠っています。

　多分ストーリーの内容を十分把握しないで和訳したものだと思います。

　このプログラムは、1997（平成9）年4月1日にNHKから出版された「日本の伝統芸能」からコピーされて、多少修正さているが、厳密に調べると間違いが散見されます。

　このプログラムは、唱えの個所も大きな間違いがあります。この問題も勘案しながら下記の歴史的仮名遣いの琉歌を言文一致で、現代仮名遣いを使って沖縄語で書いてください。そして、その歌意は共通語で書いてください。直した文を音読して憶えましょう。

「伊波普猷全集　第3巻から原文のまま引用」

禁止のませ垣も　ことやればことい

　　　　　　花につく胡蝶　禁止のなやめ。（ママ）

此世をて里や　御縁ないぬさらめ、

　　　　　　一人こがれとて、死ぬが心気。

- 51 -

演習問題 10 のフィードバック

七尺節(しちしゃくぶし)

019 禁止(ちじ)ぬまし垣(がち)ん　事(くと)やりば事(くと)い゙

　　　　　花(はな)に゚くはびる　禁止(ちじ)ぬ成(な)ゆみ

入るべからず、と禁止されているませ垣も何ほどのことがあろうか。垣などは問題ではない。花につく蝶をおしとどめることが出来ようか。

散山節(さんやまぶし)

020 此(く)ぬ世(ゆ)を゚里(さと)や　御縁(ぐ・ゐん)無(ね)んさらみ

　　　　　一人焦(ふ・ちゅ・い・く)がりと゚て　死ぬが心気(し・んち)

この世であの方と私とは、ご縁がないのであろう。一人思い焦がれて死ぬような心地がする。

語句の説明など：（語句は本文では活用されているのもある）

・事(くと)やりば事(くと)い゙：物かは。何でもない。物ともしない。大したことではない。物の数ではない。「こういう表現は、覚えておくといい。男(ゐきが)やれー、男(ゐきが)い゙：あんな人も男か。つまり、男の形をしているが、男じゃない、という意味」
・〜い゙：か。疑問の助詞。
・゚く：つく。
・はびる：蝶。「はべる、ともいう。口語では、はべる」
・〜（を゚て）［ ’uti］：で。「発音の悪い人は（うて）［ʔuti］というが、言葉は1音節ごとに明確に発音してほしい。息を止めて言うから、声門閉鎖音になる」
・里(さと)：女が男の恋人を言う語。
・〜さらみ：であろう、の意を強調して表わす。〜であろうぞ。
・心気(し・んち)：ここち。心持ち。「日本語の心気と同じ意味。組踊の台詞には、よく出てくる」

この頁の沖縄文字（読み方＝すべて一音で読む）

゚と＝トゥ、い゙＝「い」の声門閉鎖音でない音、゚＝ツィ、を゚＝ヲゥ、゚て＝ティ、ぷ＝フィ。

琉歌演習

演習問題 11

　当て字は、慣用語として使われているのは、誤解を与えないのであればよいが、極力避けるべきです。例えば、無蔵、男などは例外として使っています。無理して使用せず仮名表記をします。そして語句の説明を付けて誤解を与えないようにします。

　下記の琉歌にも琉球歌加留多「ねゐてぃぶ」発行の中で白瀬走川節に『白瀬走川に流りゆるさくらすくてぃ思里に貫ちゃい掛きら』（原文のまま）としているが、「掛きら」は当て字です。ハワイで賓客の首に掛け与えて歓迎の意などを表わす花輪（レイ）のようなものだから「佩きら」が適切です。

　（く、）[kwi]の発音は、何故か間違っている人が多いです。声のことを「く、ー」というが、「きー」と発音する人がいます。それから「くみそーれー」あるいは、「きみそーれー」という人がいます。正しくは「く、みそーれー」です。

　言葉が持つ音を曖昧に認識しているからだと思います。

　下記の歴史的仮名遣いの琉歌を言文一致で、現代仮名遣いを使って沖縄語で書いてください。そして、その歌意は共通語で書いてください。直した文を音読して憶えましょう。

　初心者は、黙読はせず、フィードバックのページを何度も音読して言葉の音を憶えましょう。黙読だけでは、言葉の音は身に付きません。

「島袋盛敏著　増補琉歌大観から原文のまま引用」

白瀬走川に　　流れゆる桜
　　　　　すくて思里に　ぬきやりはけら

波の声もとまれ　風の声もとまれ
　　　　　首里天がなし　みおんき拝ま

演習問題 11 のフィードバック

白瀬走川節 (しらし はいかーぶし)

021 白瀬走川に（しらし はいかわ）　流りゆる（なが）桜（さくら）

掬て（すく）思里（うみさと）に　貫ちゃい（ぬ）佩きら（は）

白瀬川に流れる桜を掬って、我が恋しいお方の首に花輪を作って掛けよう。

辺野喜節 (びぬちぶし)

022 波ぬ（なみ）声ん止まり（くぃ）（とぅ）　風ぬ（かじ）声ん止まり（くぃ）（とぅ）

首里天加那志（しゅゆいてぃんがなし）　美ゅんち（み）拝ま（をが）

波の声も静まれ、風の声も静まれ。首里の国王様のお顔を拝もう。

語句の説明など：（語句は本文では活用されているのもある）
・走川（はいかわ）：急流。
・思里（うみさと）：恋しいお方。恋人（男）を親しんで言う語。「思は、接頭語で敬愛の意（うみ）を表わす。思しーじゃ（うみ）：お兄様。思里（うみさと）：恋しいお方」
・佩きゅん（は）：佩く。首に掛ける。
・加那志（がなし）：様。尊敬の意を表わす接尾語。
・首里天加那志（しゅゆいてぃんがなし）：国王の敬称。首里の国王様。
・美ゅんち（み）：お顔。「（美ゅんち）は、（うんち）：お顔のさらに上の敬語」
・拝むん（をが）：（神仏）を拝む。お会いする。お目にかかる。拝見する。拝顔する。

この頁の沖縄文字（読み方＝すべて一音で読む）
　てぃ＝ティ、とぅ＝トゥ、くぃ＝クィ、をぅ＝ヲゥ。

琉歌演習

演習問題 12

　これまで学習してきたように、琉歌において、発音や解釈に間違いが多いのは、沖縄の言葉を軽々しく扱っているからではないでしょうか。言葉が持つ音を知らなさすぎます。１音節ごとにきちんと把握して文をつづっていかなければなりません。

　さて、琉球歌加留多「ねゐてぃぶ」発行の芋ぬ葉節に『里が張てぃ呉てる麦殻ぬ笠や被んでぃわん涼しゃ縁がやゆら』（原文のまま）とあります。

　下の句は（いんがやゆら）［ ?iNgajajura］になっています。（いん）［ ?iN］というのは、沖縄語では、「犬」のことです。「縁」は、沖縄語では、（ゐん）［ ’iN］です。（ゐん）［ ’wiN］ではありません。１つ１つの音節を大切にすることです。音節とは、ひとまとまりに発音される最小の単位です。また、ここで引用した文は、ひどい当て字があります。「むんじゅる」は「麦わら」のことであるのに麦殻になっています。麦殻では笠は作れません。言葉の素養を疑わざるを得ません。

　ほんとうに恥ずかしいことです。

　沖縄の文化をみくびってはいけません。

　それでは、発音にも注意しながら、下記の歴史的仮名遣いの琉歌を言文一致で、現代仮名遣いを使って沖縄語で書いてください。そして、その歌意は共通語で書いてください。直した文を音読して憶えましょう。

「島袋盛敏著 増補琉歌大観から原文のまま引用」

伊野波の石こびれ　無蔵つれてのぼる

　　　　　にやへも石こびれ　遠さはあらな

里が張てくいたる　むんぎゆるの笠や

　　　　　かんではもすだざ　縁がやたら

伊野波節（ぬふぁぶし）

023 伊野波ぬ（ぬふぁ）石くびり（いし）　無蔵（んぞ）連りて（つぃ）登る（ぬぶ）

　　　　　　にゃふぃん石くびり（いし）　遠（と）さわあらな

伊野波の石ころの坂道を愛しい恋人を連れて登る。もっと石ころの坂道が遠くまであるといい。

芋ぬ葉節（んむ・ふぁぶし）

024 里が（さと）張て（は）呉たる（く）　むんじゅるぬ笠や（かさ）

　　　　　　被んで（か）わんすださ　縁（ぎん）がやたら

愛しいあなたが作って呉れたむんじゅる笠は、被っても涼しく、ご縁があったのであろう。

語句の説明など：（語句は本文では活用されているのもある）
・伊野波（ぬふぁ）：地名。「本部間切にある村名」
・無蔵（んぞ）：男が恋する女を親しんで言う語。恋人（女）。
・にゃふぃん：もっと。さらに。「口語では、なーふぃん」
・石くびり（いし）：石のある小坂。
・〜な：希望の意を添える。「あらな：あるといい」
・里（さと）：女が男の恋人を言う語。
・張ゆん（は）：張る。「傘張ゆん（かさは）：傘を広げる。傘を作る。作るという意味もある。前張ゆん（めー）：陰部を露出するというように広い意味で使われる」
・むんじゅる：麦わら。
・すださん：涼しい。

この頁の沖縄文字（読み方＝すべて一音で読む）
　ふぁ＝フヮ、つぃ＝ツィ、て＝ティ、ふぃ＝フィ、とぅ＝トゥ、ん＝「ん」の声門閉鎖音、くぃ＝クィ、で＝ディ、す＝スィ、い＝「い」の声門閉鎖音でない音。

琉歌演習

演習問題 13

　反語法の表現については、演習問題 6 でも触れたが、断定を強めるために、言いたい内容の肯定と否定とを反対にし、かつ疑問のかたちに表現した例を紹介しました。ここに出ている「月ぬ夜節」もこのような解釈が必要となります。

　演習問題 6 及び 9 では、疑問の形を作るには、疑問詞（何、何時、誰など）を持たない動詞の現在形でしたので、語尾に（み）を付けた例です。

　「月ぬ夜節」は、名詞の疑問の形を作る例です。例えば「花子か」という言い方もあるので、この場合は、疑問の助詞（い）を付けます。「花子い」となります。

　「夜か」は、「夜い」となります。

　日常よく使われていた言葉遣いであるが、今は低俗化した言葉遣いになっています。「月ぬ夜節」は、島袋盛敏著「増補琉歌大観」には、宮古根節になっていて、少し歌詞が異なるので、下記のように野村流合同協議会の改訂版「舞踊節組歌詞集」から引用しました。

　2 つ目の「金武節」は、笠を作る過程を歌った琉歌です。

　それでは、下記の歴史的仮名遣いの琉歌を言文一致で、現代仮名遣いを使って沖縄語で書いてください。そして、その歌意は共通語で書いてください。直した文を音読して憶えましょう。

　初心者は、黙読はせず、フィードバックのページを何度も音読して言葉の音を憶えましょう。黙読だけでは、言葉の音は身に付きません。

「野村流合同協議会（舞踊節組歌詞集）から原文のまま引用」

　　月の夜も夜い　　闇の夜も夜いヨー

　　　　　　里が参る夜ど　　我夜さらめ

「島袋盛敏著 増補琉歌大観から原文のまま引用」

　　こばや金武こばに　　竹や安富祖竹

　　　　　　やねや瀬良垣に　　張りや恩納

演習問題 13 のフィードバック

月ぬ夜節
025 月ぬ夜ん夜ぃ　闇ぬ夜ん夜ぃ
　　　　　里が参る夜ど　我夜さらみ

月の夜も闇の夜も本当の夜ではない。愛しいあなたが、お出でになる夜こそ私の夜なのです。

金武節
026 くばや金武くばに　竹や安富祖竹
　　　　　やにや瀬良垣に　張いや恩納

くば（びろうの葉）は金武くばで、竹は安富祖の竹で、削るのは瀬良垣で、そして、張るのは恩納で終えた。

語句の説明など：（語句は本文では活用されているのもある）

・〜ぃ：か。疑問の助詞。文の末尾に付けて疑問文を作る。「夜ぃ：夜か」
・里：女が男の恋人を言う語。わが君。
・参る：来られる。「口語では、参ーん：いる・行く・来るの敬語。居られる。行かれる。来られる」
・〜ど：ぞ。こそ。「我んねー、まやーどやる：我こそ猫である」
・〜さらみ：であろう、の意を強調して表わす。〜であろうぞ。
・くば：びろう。しゅろ科の植物。
・やに：竹を細く削ること。
・張ゆん：張る。「傘張ゆん：傘を広げる。傘を作る。作るという意味もある。前張ゆん：陰部を露出する。というように広い意味で使われる」

この頁の沖縄文字（読み方＝すべて一音で読む）
꒵＝ツィ、ぃ＝「い」の声門閉鎖音でない音、ど＝トゥ、ど゙＝ドゥ。

琉歌演習

演習問題 14

　（ん）［ ’N]と（ん）［ ？N]の音節は、唄三線奏者の人も含めて間違って指導している人がいます。この2つの音節に対して、（ぅ）と（ん）が混ざる音だとか、（ぃ）と（ん）が混ざる音というように教えています。どうやって混ぜるのか知らないが、口の中で2つの音を混ぜられますか。無責任な指導です。

　琉球歌加留多「ねゐてぃぶ」発行に『恩納岳（うんなだき）あがた 里（さとぅ）が生（うん）まり島森（じまむい）ん押しぬきてぃ此方（くがた）なさな』（うんな）（原文のまま）というのがあります。「生まり」という発音を考えてみてください。

　音読実験してみると、（うんまり）［ ？uNmari]と言っています。つまり4音節です。3音節であってほしいのです。正しくは（んまり）［ ？Nmari]です。

　（ん）［ ’N]と（ん）［ ？N]の発音については、第I章と第II章で勉強したように難しいものではありません。

　まがいものの発音指導者により琉歌の韻律まで壊してくれています。

　当て字の問題もあります。岳と言うのは、高くて大きい山です。下の句に森という漢字を当てているが、これは適切ですか。考えてみてください。

　当て字を頻繁に使っている琉歌が多いが、歌意を解釈するのに誤解しているのが見られます。

　下記の琉歌は、多くの人たちが口ずさんで親しまれています。

　下記の歴史的仮名遣いの琉歌を言文一致で、現代仮名遣いを使って沖縄語で書いてください。そして、その歌意は共通語で書いてください。直した文を音読して憶えましょう。

　初心者は、黙読はせず、フィードバックのページを何度も音読して言葉の音を憶えましょう。黙読だけでは、言葉の音は身に付きません。

「島袋盛敏著　増補琉歌大観から原文のまま引用」

恩納岳あがた　里が生まれ島

　　　もりもおしのけて　こがたなさな

思ゆらば里前　島とまいていまうれ

　　　島や中城　花の伊舎堂

演習問題 14 のフィードバック

　　恩納節
　　　うんなぶし

027 恩納岳あがた　里が生まり島
　　うんなだき　　さと　ん　　　じま

　　　　盛ん押し退きて、　くがた成さな
　　　　むい　うぬ　　　　　　　　　な

　　恩納岳のあちら側に私の恋人が生まれた故郷がある。その恩納岳を押し退けて、私の
　　恋人の故郷をこちら側に引き寄せたいものだ。

　　じっそー節
　　　　　ぶし

028 思ゆらば里前　島とめてぃ参り
　　うむ　　さとめ　しま　　　　も

　　　　島や中城　花ぬ伊舍堂
　　　　しま　なかぐすく　はな　いしゃどー

　　心から思ってくださるなら、愛しいお方、私の村を尋ねていらっしゃい。私の村は中
　　城の花の伊舍堂です。

語句の説明など：（語句は本文では活用されているのもある）
・あがた：あちら側。
・くがた：こちら側。
・盛：丘。山。土が盛り上がって高くなっているところ。森ではない。
　む
・成すん：（ある状態に）する。なす。寄せる。移す。
　　な
・里：女が男の恋人を言う語。わが君。
　さと
・里前：わが君。背の君。「里の敬語」
　さとめ　　　　　　さと
・とめて：拾って。捜し求めて。尋ね求めて。「口語の（とめーて）の長音符号
　が脱落したもの。（とめーゆん）が終止形」
・い参り：おいでなさい。
　　も
・伊舍堂：地名。「琉歌では、（どー）の長音は音数律を整えるために脱落して
　いしゃどー
　いる」

この頁の沖縄文字（読み方＝すべて一音で読む）
　とぅ＝トゥ、ん＝「ん」の声門閉鎖音、てぃ＝ティ、すぃ＝スィ。

琉歌演習

演習問題 15

当て字を使うと、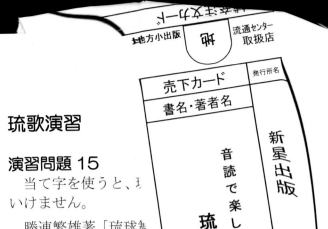　釈をするので、絶対使っては
いけません。

勝連繁雄著「琉球　よると、早作田節は『若さひ
とときの通い路の空や　（はいさくてんぶし）（わかさふひ）（原文のまま）となっていま
す。　　　　　　　ます。琉歌の解釈において、

桃原と言う漢字を使　こに桃原があるとか言って、
とんちんかんな議論を　歌の意味から全く外れてナン
沖縄市にもある、国頭　
センスです。

「車」（くるま）というのは、　輪、人力車などの車のついた
運装具を言うのです。「　　平野のことです。桃原では
ありません。

沖縄語の「車（くるま）と一原（ばる）」　する独特な成語として使っ
ていたものです。昔の製糖　し据えつけられないから、
平坦地のことを「車（くるま）と一原（さーた）」と言って、田舎ではよく使っていた表現です。
和訳も考えてみてください。

それでは、下記の歴史的仮名遣いの琉歌を言文一致で、現代仮名遣いを使って
沖縄語で書いてください。そして、その歌意は共通語で書いてください。直した
文を音読して憶えましょう。

「島袋盛敏著　増補琉歌大観から原文のまま引用」

若さひと時の　通ひ路の空や
　　　　闇のさくひらも　車たう原

与那の高ひらや　汗はてど登る
　　　　無蔵に思なせば　車たう原

演習問題 15 のフィードバック

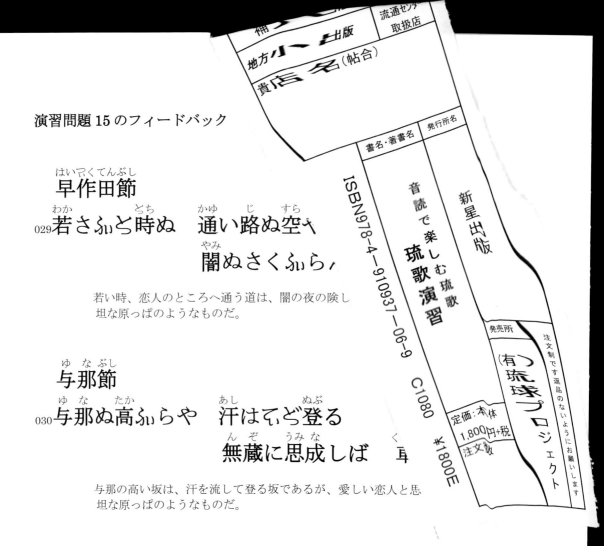

早作田節（はいさくてんぶし）

029 若（わか）さふぃ'ど時（とち）ぬ　通（かゆ）い路（じ）ぬ空（すら）ゃ

闇（やみ）ぬさくふぃら、

若い時、恋人のところへ通う道は、闇の夜の険し
坦な原っぱのようなものだ。

与那節（ゆなぶし）

030 与那（ゆな）ぬ高（たか）ふぃらや　汗（あし）はてぃ'ど登（ぬぶ）る

無蔵（んぞ）に思成（うみな）しば　耳

与那の高い坂は、汗を流して登る坂であるが、愛しい恋人と思
坦な原っぱのようなものだ。

語句の説明など：（語句は本文では活用されているのもある）
・さくふぃら：急な坂。険しい坂。
・車（くるま）と原（ばる）：平坦地を形容する独特な成語。「口語では、車（くるま）と一原（ばる）。田舎では、
　急な坂から荷物を背負って平坦地へたどり着くと、『はー、車（くるま）と一原（ばる）やさ』
　と言って休憩していた。琉歌だけでなく、日常会話でも使われていた」
・高（たか）ふぃら：高い坂。
・汗（あし）はゆん：汗が出る。汗が流れる。
・〜ど'：ぞ。こそ。強意の助詞。「我（わ）んねー、まやーど'やる：我こそ猫である」
・無蔵（んぞ）：男が恋する女を親しんで言う語。恋人（女）
　発音に注意、語の初めが（ん）［’N］で始まると、下手くその歌い手さんは、
　（ん）［？N］と発声している。出来の悪い指導者に責任があると思うが、教
　わる方も勉強不足である。一瞬息を止めると、［？N］になるので要注意であ
　る。何処の人でも稽古すれば、簡単にその音（音節）を身に付けることが出来
　る。息を止めないで（んぞ）と言うとよい。
・思成（うみな）すん：思うの強調表現。思い込む。

この頁の沖縄文字（読み方＝すべて一音で読む）
　つぃ'＝ツィ、ふぃ＝フィ、と'＝トゥ、てぃ＝ティ、ど'＝ドゥ。

ISBN978-4-910937-06-9　C1080　¥1800E

音読で楽しむ琉歌　琉歌演習

新星出版

発売所

(有)琉球プロジェクト

注文制です返品のないようにお願いします

定価 本体 1,800円＋税

書名・著書名　　発行所名

流通センター取扱店

地方小○出版

貴店名（帖合）

注文数

琉歌演習

演習問題 16

　沖縄の言葉の音を忘れた、あるいは曖昧に覚えている方々に限って、表記法が確立されていないから文を書くのが難しいと言っています。これは言い逃れや言いがかりの材料にしているだけで、たとえ確立しても書けません。

　例えば、琉球歌加留多「ねゐてぃぶ」発行の作田節（<ruby>作田節<rt>さくてんぶし</rt></ruby>）の中に『<ruby>歌<rt>うた</rt></ruby>とぅ<ruby>三線<rt>さんしん</rt></ruby>ぬ　<ruby>昔<rt>んかし</rt></ruby><ruby>始<rt>はじ</rt></ruby>まいや<ruby>犬子音<rt>いんくにあがい</rt></ruby>　<ruby>東<rt>あがり</rt></ruby>ぬ<ruby>神<rt>かみ</rt></ruby>ぬ<ruby>御作<rt>みさく</rt></ruby>』（原文のまま）というのがあります。

　沖縄語の「昔」という言葉の持つ音節は「ん・か・し」という３音節からできているのに、何故小さい「ぅ」が必要ですか。言葉の発音が曖昧だということです。

　このようなことは、たくさんの例があります。どんな表記法を持ってきても言葉の持つ音が曖昧だから、豚に真珠を与えたようなものです。

　従って、言葉は、どのような音節からできているか勉強しなければならないということです。言葉の持つ音節を明確に把握していない人に限ってこういう間違いを起こし、琉歌の音の響きを壊しています。

　それでは、下記の歴史的仮名遣いの琉歌を言文一致で、現代仮名遣いを使って沖縄語で書いてください。そして、その歌意は共通語で書いてください。直した文を音読して憶えましょう。

　初心者は、黙読はせず、フィードバックのページを何度も音読して言葉の音を憶えましょう。黙読だけでは、言葉の音は身に付きません。

「島袋盛敏著　増補琉歌大観から原文のまま引用」

歌と三味線の　　昔はじまりや

　　　　　犬子ねあがりの　　神の御作

諸鈍めやらべの　　雪のろの歯茎

　　　　　いつか夜のくれて　　み口吸はな

演習問題 16 のフィードバック

作田節
（ゔくてんぶし）

031 歌と三線ぬ　昔 始まいや
（うた）（さんしん）（んかしはじ）

　　犬子音揚がりぬ　神ぬ御作
（いぬくにぁ）（かみ）（みさく）

　　　歌と三線を昔始めた人は、赤犬子音あがりの神と言われた人がお作りになったもの。

諸鈍節
（しゅどんぶし）

032 諸鈍女 童 ぬ　雪ぬるぬ歯口
（しゅどん み やらび）（ゆち）（は ぐち）

　　　何時か夜ぬ暮りて　御口吸わな
（い）（ゆ）（く）（みくちす）

　　　諸鈍の乙女たちの雪のような白い歯の愛らしい口もと。何時か夜が暮れて、その美しい乙女と口づけがしたい。

語句の説明など：（語句は本文では活用されているのもある）

・犬子音揚がり：赤犬子のことで、赤犬子神とか、音あがりの神とか言われた。
　（いぬくにぁ）琉歌や三線を作り出した神であると言われる。
・御作：作品の敬称。お作りになったもの。
　（みさく）
・昔 ：（ぅんかし）と振り仮名を付けているが、どういう発音の指導をしてい
　（んかし）るのか不明である。（ぅ）と（ん）が混ざる音だというが、真っ赤なうそである。
・諸鈍：鹿児島県瀬戸内町の諸鈍集落（加計呂麻島）
　（しゅどん）
・女 童：娘。おとめ。農村の未婚の娘をいう。
　（み やらび）
・雪ぬるぬ歯口：雪色の白い歯の口もと。「（雪ぬ色ぬ歯口）の音数律を整える
　（ゆち）（は ぐち）（ゆち いる は ぐち）ため（い）が脱落している」
・御口：お口。「御口吸わな、美しい言葉である。西洋ではキッス、中国では接
　（みくち）（みくちす）吻、日本では口づけ」
・～な：～したい。

この頁の沖縄文字（読み方＝すべて一音で読む）
　ゔ＝ツィ、ど＝トゥ、ど゙＝ドゥ、で＝ティ。

- 64 -

琉歌演習

演習問題 17

　琉球舞踊古典女七踊として、作田節、かしかき、天川、柳、伊野波節、本貫花、諸鈍があります。それぞれには、琉歌が平均して 2~3 首使われているが、諸鈍については、演習問題 6、7 で勉強したように仲間節、諸鈍節、しょんがね一節がそうであり、3 首使われております。

　仲間節の和訳については、芸能の道にある方々が、大きな間違いをしてあったが、もっと座学をしていかないと、恥をかくだけだと思います。何故なら、観客席に間違ったプログラムを配布しているからです。

　その道にある方々は、目を覚まして、現状をしっかり分析し、改善していかなければならないと思っています。

　さて、ここでは琉球舞踊古典女七踊の 1 つである「天川」で使われている琉歌を勉強します。

　下記の 2 番目の琉歌は、仲順節であるが、当て字があります。勝連繁雄著「琉球舞踊の世界～私の鑑賞法～」によると、下の句に『切りてぬきゆね』（原文のまま）となって、切るという当て字を使っているが、誤解するので良くない。「切」るではなく「散」るです。当て字を使う人たちが、増えています。歌の意味を間違って解釈するので、絶対にやってはならないです。文字面で解釈する人がいて、しかも誇り高ぶるからです。

　下記の歴史的仮名遣いの琉歌を言文一致で、現代仮名遣いを使って沖縄語で書いてください。そして、その歌意は共通語で書いてください。直した文を音読して憶えましょう。

「島袋盛敏著　増補琉歌大観から原文のまま引用」

天川の池に　遊ぶおしどりの

　　　　思羽の契り　与所や知らぬ

別れても互に　ご縁あてからや

　　　　糸に貫く花の　散りて退きゆめ

- 65 -

演習問題 17 のフィードバック

島尻天川節
<ruby>島尻天川節<rt>しまじりあまかーぶし</rt></ruby>

033 <ruby>天川<rt>あまかわ</rt></ruby>ぬ<ruby>池<rt>いち</rt></ruby>に　<ruby>遊<rt>あす</rt></ruby>ぶ<ruby>鴛鴦<rt>うしどい</rt></ruby>ぬ

　　　　<ruby>思<rt>うむ</rt></ruby>い<ruby>羽<rt>は</rt></ruby>ぬ<ruby>契<rt>ちじ</rt></ruby>り　<ruby>余所<rt>ゆす</rt></ruby>や<ruby>知<rt>し</rt></ruby>らぬ

　　天川の池に遊ぶおしどりが、思い羽の名の通り思いあって仲の良いように、私と彼女
　　が愛し合って深く契っているのも他の人は誰も知らない。

仲順節
<ruby>仲順節<rt>ちゅんじゅんぶし</rt></ruby>

034 <ruby>別<rt>わか</rt></ruby>りてぃん<ruby>互<rt>たげ</rt></ruby>に　<ruby>御縁<rt>ぐいん</rt></ruby>あてぃからや

　　　　<ruby>糸<rt>いとぅ</rt></ruby>に<ruby>貫<rt>ぬ</rt></ruby>く<ruby>花<rt>はな</rt></ruby>ぬ　<ruby>散<rt>ち</rt></ruby>りてぃ<ruby>退<rt>ぬ</rt></ruby>ちゅみ

　　別れても互いに縁があるからには、またお会いすることもあるでしょう。糸に貫いた
　　花が散り去らないのと同じように。

語句の説明など：（語句は本文では活用されているのもある）

・<ruby>島尻天川節<rt>しまじりあまかーぶし</rt></ruby>の分類は、島袋盛敏著「増補琉歌大観」に従った。

・<ruby>鴛鴦<rt>うしどい</rt></ruby>：おしどり。

・<ruby>思<rt>うむ</rt></ruby>い<ruby>羽<rt>は</rt></ruby>：雄のおしどりにある、尾の両側のイチョウの葉に似た羽。銀杏羽。つ
　るぎば。おもいばね。

・<ruby>散<rt>ち</rt></ruby>りてぃ<ruby>退<rt>ぬ</rt></ruby>ちゅみ：散って去るか。断定を強めるために言いたい内容の肯定と否
　定とを反対にし、かつ疑問のかたちに表現。「～み：は疑問のかたちで、これ
　までによく使われる表現である。通常の口語の会話でもよく使われる表現であ
　る。今は幼児性のある言葉遣いが目立ってきたので、豊かな表現力のある人は
　少なくなってきた。これは演習問題 13 で勉強したものである」

この頁の沖縄文字（読み方＝すべて一音で読む）
　すィ＝スィ、どゥ＝ドゥ、てぃ＝ティ、い＝「い」の声門閉鎖音でない音、とぅ＝トゥ。

琉歌演習

演習問題 18

　演習問題1で「かじゃで風節」を取り上げたが、島袋盛敏著「増補琉歌大観」では、最初に挙げた琉歌は「仲節」に入れてあります。

　本書では、節組の分類は島袋盛敏著「増補琉歌大観」にしたがっているが、演習問題1の歌詞は、祝賀の宴で今では必ず歌われるめでたい歌であるので、「仲節」に入れず、「かじゃで風節」に入れておきました。島袋盛敏著「増補琉歌大観」では、「かじゃで風節」に入れるのは当たらないとしています。

　「かじゃで風節」に、さらに下記のように2つの琉歌を入れました。よく聞いている琉歌だと思います。

　ある歌手が「だんじゅ」の意味を分からないまま、ある会場で歌ったそうです。会場から質問を受けて答えられなかったというのです。会場にいた舞踊の先生も答えられなかったので、後日筆者のところへ問い合わせが来ました。

　そういう歌手は舞台に上がってはいけません。

　歌手と名乗るのであれば、座学できちんと勉強してから舞台へ上がるべきだと思います。観客をみくびってはいけません。

　下記の歴史的仮名遣いの琉歌を言文一致で、現代仮名遣いを使って沖縄語で書いてください。そして、その歌意は共通語で書いてください。直した文を音読して憶えましょう。筆者が幼少のころ大人たちが口ずさんでいた琉歌です。

「島袋盛敏著　増補琉歌大観から原文のまま引用」

あらたまの年に　炭とこぶかざて

　　　　　心から姿　若くなゆさ

だんじよかれよしや　選でさし召しやいる

　　　　　お船の綱とれば　風やまとも

かじゃで風節
035 新玉ぬ年に　炭と昆布飾て
　　　　　心から姿　若く成ゆさ

　　新しい年の初めに縁起のよい炭と昆布を飾って祝うと、心から姿まですっかり若返った心地がする。

かじゃで風節
036 だんじゅ嘉例吉や　選で さしみしぇる
　　　　　御船ぬ綱取りば　風や真艫

　　なるほど、めでたい吉日を選んでなさることだ。お船の綱を取れば、風は順風である。
　　（旅人の無事を祈って一族が集まり、歌い踊るときの歌）

語句の説明など：（語句は本文では活用されているのもある）
・新玉：新年。年月日などにかかる枕詞。
・炭：非常に変化しがたいことから長生きの象徴。
・昆布：こんぶ。「口語では、昆布。よろこんぶという音通からの縁起かつぎとされている」
・若く成ゆさ：年を取って若くなるというのは、正月に供える若水による沖縄古来の習俗から来たものとされている。
・だんじゅ：なるほど。いかにも。げにこそ。
・嘉例吉：めでたいこと。縁起のよいこと。
・みしぇる：なさる。「口語で（みしぇーん）で、短縮され活用されている」
・御船：お船。「（うふに）とすると、音数律が合わないので（うに）になっている」
・真艫：舟の真後ろの方向。真向き。船の後方から真っすぐに吹く風。
　「（まとも）だと思っている人がいるが、それは当たらない。むしろ順風のことである」

この頁の沖縄文字（読み方＝すべて一音で読む）
　で＝ディ、と＝トゥ、て＝ティ、す＝スィ、ア＝ツィ。

琉歌演習

演習問題 19

　今まで勉強してきた琉歌は、ほとんど音数律が８・８・８・６（三パチ六）になっていたが、ここで取り上げている「昔はべら節」は８・８・８・８・６即ち（四パチ六）になっています。

　この琉歌も誤解して解釈し、公開していたが、芸能関係にいる人たちの勉強不足です。

　よく考えてみると、そういう先生方は琉歌の解釈をその琉歌のエピソードを語ってごまかすのが特徴的です。物語の本筋の間に入れる小話としては良いです。しかし本筋は分かっていないのです。

　しっかり勉強して、唄三線、舞踊の豊かな表現力を身に付けて演じてほしいです。

　もちろん、素晴らしい芸能実演家もいるのはいうまでもありません。大体は、まがいものといっていいでしょう。

　沖縄では、星に敬語を使っています。「美星」といいます。星は尊いものとされています。人には各々の命となる星があって、それが落ちると死ぬとされています。今は、神ん人「神に仕える人」あたりの考えはどうなっているのでしょうか。

　さて、下記の歴史的仮名遣いの琉歌を言文一致で、現代仮名遣いを使って沖縄語で書いてください。そして、その歌意は共通語で書いてください。直した文を音読して憶えましょう。

「島袋盛敏著　増補琉歌大観から原文のまま引用」

みすとめて起きて　庭向かて見れば

　　　　綾蝶無蔵が　あの花この花　吸ゆるねたさ

夜はらす船や　子の方星めあて

　　　　わぬ産ちえる親や　わぬどめあて

演習問題 19 のフィードバック

昔（んかし）はべら節（ぶし）

037 みすとみてぃ起きてぃ　庭向（にわ）かてぃ見りば

綾（あや）はべる無蔵（んぞ）が　あぬ花（はな）くぬ花（はな）　吸（す）ゆる妬（にた）さ

朝早く起きて庭に向かってみると、美しい蝶があの花この花と跳び回って蜜を吸っているのが妬ましい。

小浜節（くばまぶし）

038 夜（ゆる）走（は）らす船（ふに）や　子（に）ぬふぁ星（ふしみあ）目当てぃ

我ん生（な）ちぇる親（うや）や　我んど目（わみあ）当てぃ

夜の海を走らす船は、北極星が目標である。私を産んでくれた親は私だけが生きる目当てである。

語句の説明など：（語句は本文では活用されているのもある）

・みすとみてぃ：早朝。
・綾（あや）はべる無蔵（んぞ）：美しい蝶を女性と見た言葉。
・あぬ：あの。
・くぬ：この。
・子（に）ぬふぁ：子の方角。北。ここでは、（子ぬふぁ星）は北極星と訳されている。
　「口語では、（子ぬふぁ）で音数律を整えるため、長音符号が脱落している。子ぬふぁぬ美星（みふし）：北極星」
・生（な）ちぇる：生んでいる。「口語で（生ちぇーる）、長音が脱落している。そして活用されている」
・ど：ぞ。こそ。強意の助詞である。「命ど宝（ぬちたから）：命こそ宝」

この頁の沖縄文字（読み方＝すべて一音で読む）
　とぅ＝トゥ、てぃ＝ティ、ふぁ＝フヮ、どぅ＝ドゥ。

- 70 -

琉歌演習

演習問題20

　ある会場でのことであるが、先生と言われる方々「地謡も踊り手も沖縄の方」が「花風」を踊りました。踊り終ってから、会場から質問が寄せられました。

　それは、歌の意味を教えてほしいというものでした。ところが、下記の琉歌の意味を説明出来ないのです。先生と言われる方が、質問の答えにならないことを言うのです。つまり本筋から外れて、エピソードを語ってごまかしてしまいました。

　「……昔はね。遊女が人目を忍んで見送ったなど……」と。

　全く琉歌の意味から外れたことを言っているのを聞いて、がっかりしたことがあります。こういう先生から教わる弟子たちは可哀そうです。どうして座学できちんと勉強しないのだろうか。ほんとうに恥ずかしいことです。

　唄三線の方は、工工四をなぞって声や音を出していなかったが、歌の意味を説明しません。言葉が分からないで歌ったり踊ったりしているのは、ロボットと同じです。これが現状でしょうか。

　下記の歴史的仮名遣いの琉歌を言文一致で、現代仮名遣いを使って沖縄語で書いてください。そして、その歌意は共通語で書いてください。直した文を音読して憶えましょう。

「島袋盛敏著 増補琉歌大観から原文のまま引用」

三重城にのぼて　手巾持上げれば
走船のならひや　一目ど見ゆる

三重城にのぼて　打ち招く扇
またもめぐり来て　結ぶ御縁

花風節
（はなふーぶし）

039 三重城（みーぐすく）に登（ぬぶ）てぃ　手さじ持上（むちゃ）ぎりば

　　　　　　　走（は）い船（ふに）ぬ習（なれ）や　一目（ちゅみ）ど見（み）ゆる

> 愛しいお方を送るため、三重城へ登って手ぬぐい（花染めのてぃーさーじ）を持ち上げて振ると、走る船は常として一目しか見えない。

本花風節
（むとはなふーぶし）

040 三重城（みーぐすく）に登（ぬぶ）てぃ　打（う）ち招（まに）く扇（おーじ）

　　　　　　又（また）ん巡（みぐ）い来（ち）てぃ　結（むす）ぶ御縁（ぐ・いん）

> 三重城に登って出帆の船上の人に向かって打ち招く扇は、またも巡りあうご縁を結ぶよすがとなるものである。

語句の説明など：（語句は本文では活用されているのもある）

- 三重城（みーぐすく）：那覇港入口の北端の城砦。見送りの場所として名高い。
- 手さじ：手ぬぐい。「ここで言う文語の（手さじ）は、花染み手さーじ（はなずてぃー）：花の模様を染めた手ぬぐい。口語では、手さーじ（てぃー）」
- ～ど：ぞ。こそ。強意の助詞。「我（わ）ーがど悪（わっ）さる：私が悪いのだ」沖縄語では、口語でもよく使われる助詞である。那覇や、他地域の方々は、「～る」と発音している。
  「一目（ちゅみ）ど見（み）ゆる」を和訳する場合は、言葉を補って強調しなければならないでしょう。ここでは「一目しか見えない」にしてある。
- 御縁：（ぐいん）の発音には、注意すること。[gu ？iN]つまり（ぐいん）と発音する人がいるが、そうではない。[gu 'iN]と発音して欲しい。
  （ぐ）の後、息を止めないで（いん）と発音する。息を止めると声門閉鎖音となって、御犬（ぐ・いん）になる。

この頁の沖縄文字（読み方＝すべて一音で読む）

　すぃ＝スィ、てぃ＝ティ、ど＝ドゥ、とぅ＝トゥ、い＝「い」の声門閉鎖音でない音。

琉歌演習

演習問題 21

　「稲」と「胸」の発音は、はっきり異なって聞こえるが、第Ⅱ章、第Ⅲ章で勉強したように簡単なことです。何故かこの頃は（ん）[＇N]と（ん）[？N]の発音は、出来の悪い指導者が曖昧に教えています。簡単なことを難しく表記して混乱させているようです。

　勝連繁雄著「琉球舞踊の世界〜私の鑑賞法〜」に出ている『稲 まづん節』（原文のまま）を考えてみましょう。これは、五十音で声門閉鎖音の「ん」を表記しようと努力したと思われます。

　しかし母語が日本語になっている次世代の人々には、音読実験をして分かるが、「稲」の発音は（いにー）[？iniii]と言ってしまいます。何故かというと五十音の音節が、しっかり頭の中に入っているからです。どんなに頑張っても、声門閉鎖音の[？Nni]とは言ってくれません。従って筆者は、あらたに表記する方法を採用しているのです。小さい「ぃ」を使って工夫したのでしょうが、小さい字でも大きい字でも五十音の音節では（い）[？i]でしかないのです。

　[？iniii]は3音節になってしまいます。正確には、2音節の（んに）[？Nni]でなければなりません。筆者の実験では、この2音節の発音は、初学者も上手にできています。むしろ、語の初めに（ん）で始まる語において、間違っている人たちが多いです。例えば、昔（んかし）、無蔵（んぞ）、溝（んじゅ）、向かゆん（んかゆん）などです。昔のことを（ぅんかし）などと言う人がいますが、それは論ずるだけの価値のないことです。

　（ん）[＇N]と、（ん）[？N]の音は異なる音だから、ぶれることがないように練習してください。

　下記の歴史的仮名遣いの琉歌を言文一致で、現代仮名遣いを使って沖縄語で書いてください。そして、その歌意は共通語で書いてください。直した文を音読して憶えましょう。

「島袋盛敏著　増補琉歌大観から原文のまま引用」

豊なる御代の　しるしあらはれて
　　　　雨露の恵み　時もたがぬ

ことし毛作や　あんきよらさよかて
　　　　倉に積みあまち　真積しやべら

演習問題 21 のフィードバック

揚作田節
（あぎマくてんぶし）

041 豊かなる御代ぬ　徴 表りてぃ
（ゆた）（みゆ）　（しるしあらわ）

雨露ぬ恵み　時ん違ぬ
（あみマゆ）（みぐ）　（とち）（たが）

豊かな年の兆しが表れて、雨露の恵みも時を違えず順調である。
（作物が立派にできることは喜ばしい）

稲まぜん節
（んに）　（ぶし）

042 今年むづくいや　あん清らさゆかてぃ
（くとし）　　（ちゅ）

倉に積み余ち　まぜんしゃびら
（くら）マ（あま）

今年の農作物（稲）は、見事に実って倉に積みあまし、稲叢にもしましょう。

語句の説明など：（語句は本文では活用されているのもある）
・御代：世の敬語。国王の治めている世。国王鑽仰の歌によく用いられる。
　（みゆ）
・徴：きざし。前兆。
　（しるし）
・まぜん：稲叢。農家の庭先に稲を積み重ねたもの。「稲まぢん」ともいう。
　昔の農家の庭には、稲の「まぢん」が一種の飾りのように積み上げられていた
　（んに）
　という。又、その数によって貧富を現しているようでもあったという。
・むづくい：農作。農業に従事すること。
・あん：あんなに。あのように。
・ゆかてぃ：生い茂って。（作物が）よくできる。よくみのる。
・余すん：余る。余りを残す。
　（あま）

この頁の沖縄文字（読み方＝すべて一音で読む）
　マ＝ツィ、てぃ＝ティ、とぅ＝トゥ、ん＝「ん」の声門閉鎖音、ゔぃ＝ヅィ、ず＝ズィ。

琉歌演習

演習問題 22

　「ぢゃんな節」愛し合っていながら、故あって添えなかった者の恋人を思い出し、心中の思いを詠んでいる歌です。

　島袋盛敏著「増補琉歌大観」には、9 首収められているが、「別れた女に対する追懐の情、年月の流れの早さ、昔の友と再会の喜び、夢の浮世はただ楽しく暮らそうという願望などの歌がある」とされています。

　年を重ねるにしたがって、小学校時代のことや、青年時代に会った方々や、先輩方の紹介を受けた女性の方々は、今はどんな暮らしをしているのだろうか、きっと幸せに暮らしているだろうと、いろいろ思い出されることは、誰の身の上にもありそうなことです。

　「述懐節」は、島袋盛敏著「増補琉歌大観」には、49 首収められています。「恋人に会って帰る者、会えないで苦しむ者、恋の千態万様の述懐」があるとされています。

　過去の感情を超越した心境を回顧する味わいのある歌と、昔の恋を追懐し、しみじみと身に染みて感ずる歌を紹介します。

　下記の歴史的仮名遣いの琉歌を言文一致で、現代仮名遣いを使って沖縄語で書いてください。そして、その歌意は共通語で書いてください。直した文を音読して憶えましょう。

「島袋盛敏著　増補琉歌大観から原文のまま引用」

昔ごとやすが　なままでも肝に

　　　忘ららぬものや　あれが情

いな昔なるゑ　哀れ語らたる

　　　なれしい言葉の　朽たぬうちに

演習問題 22 のフィードバック

ぢゃんな節

043 昔事やすが　今まで<ruby>ん肝<rt>ちむ</rt></ruby>に

　　　　　忘ららぬむぬや　ありが情き

昔のことであるが、今までも心に忘れられないものは、彼女の情けである。

述懐節

044 いな昔成るい　哀り語らたる

　　　　　慣りしい言葉ぬ　朽たぬうちに

もう昔のことになったのか。お互いのつらいことを親しく語り合った言葉が朽ちない
うちに。（年月の過ぎ去るものは実に早いものだ）

語句の説明など：（語句は本文では活用されているのもある）
・やすが：であるが。「口語では、やしが。終止形：やん」
・肝：肝。心。心情。心よりもはるかに多く用いる。強調する場合は「肝心」
　と言うように用いる。
・あり：あれ。あの者。彼。彼女。「ここでは彼女」「あま」だったら、彼。
・いな：はや。もう。そんなに早く。「口語では、いーな、音数律を整えるため
　長音が脱落した」
・い：か。疑問の助詞。
・哀り：あわれ。ああ。つらい事。
・語らゆん：仲間に入れる。（語らうに対応）親しく語る。睦まじく語る。
・い言葉：言葉。言い伝え。昔の人の言い残した言葉などをいう。
・慣り：慣れ。

この頁の沖縄文字（読み方＝すべて一音で読む）
　ど＝トゥ、す＝スィ、で＝ディ、く＝クェ、い＝「い」の声門閉鎖音でない音。

琉歌演習

演習問題 23

　琉球歌加留多「ねゐてぃぶ」発行の瓦屋節の『瓦屋 頂 登てぃ真南向かてぃ見り<ruby>瓦屋<rt>からやぶし</rt></ruby>　<ruby>頂 登<rt>からやついじぬぶ</rt></ruby>てぃ<ruby>真南<rt>まふぇうん</rt></ruby>向かてぃ<ruby>見<rt>み</rt></ruby>りば島ぬ浦どぅ見ゆる <ruby>里<rt>さとう</rt></ruby>や<ruby>見<rt>み</rt></ruby>らん』（原文のまま）を引用して考えましょう。

　ここで「向かてぃ」（ぅんかてぃ）とあるが、沖縄語では「んかて」であるのに、どうして、わざわざ「ぅんかてぃ」と教えるのだろうか。60年ほど前までは、沖縄の人であればだれでも「んかて」と言っていました。沖縄語は書くことによって汚い響きで壊すことになりました。

　これは沖縄語の音節の体系が全く崩れてきたものと考えています。

　「ぅ」と「ん」が混ざる音があると教えている音楽の先生がいますが、基本から勉強していかなければならないと思います。「ぅ」と「ん」が混ざる音はありません。真っ赤なうそです。

　「茶わん」の「ん」で「<ruby>向<rt>ん</rt></ruby>かて」が正しいです。

　また「ぃ」と「ん」が混ざる音もあるというのです。[？uNkati]も[？iNkati]もありません。[’Nkati]が正しいです。

　それでは、下記の歴史的仮名遣いの琉歌を言文一致で、現代仮名遣いを使って沖縄語で書いてください。そして、その歌意は共通語で書いてください。直した文を音読して憶えましょう。

「島袋盛敏著 増補琉歌大観から原文のまま引用」

まことかや実か　我肝ほれぼれと
　　　　　寝覚め驚きの　夢の心地

瓦屋つぢのぼて　真南向かて見れば
　　　　　島の浦ど見ゆる　里や見らぬ

演習問題 23 のフィードバック

散山節（さんやまぶし）

045 誠（まくと）かや実か　我肝（わぢむ）ふりぶりと

　　　寝覚（にざ）み 驚（うどる）ちぬ　夢（いみ）ぬ心地（くくち）

　　誠か実か、わが心は呆然となって、まるで夢を見て驚いて覚めたような心地で、本当
　　のこととは思われない。

瓦屋節（からやぶし）

046 瓦屋（からや）ﾂｼ゜じ登（ぬぶ）て　真南（まふん）向かて 見（み）りば

　　　島（しま）ぬ浦（ら）ど見ゆる　里（さと）や見（み）らぬ

　　瓦屋の丘に登って真南の方を見ると、故郷の浦部は見えるが、あの方は見えない。

語句の説明など：（語句は本文では活用されているのもある）
・ふりぶりと：ぼんやりと。ぽかんと。呆然と。「口語では、ふりぶりーと」
・瓦屋（からや）：那覇に近い地名。
・ﾂｼ゜じ：頭上。頂上。
・真南（まふ）：真南。「口語では、真南（まふぇー）」
・島（しま）：村里。故郷。領地。島。ここでは、出身の部落で故郷とした。
・浦（ら）：海や湖の湾曲して陸地に入り込んだ所。音数律を整えるために「うら」の
　「う」を取って「ら」にしている。琉歌ではこういうことがよくある。当て字
　ではない。
・〜ど：ぞ。こそ。強意の助詞。「命（ぬち）ど宝（たから）：命こそ宝。我ー（わ）がど悪（わっ）さる：私が
　悪いのだ。沖縄語では、口語でもよく使われる助詞である」
・里（さと）：女が男の恋人を言う語。わが君。ここでは、愛しい夫

この頁の沖縄文字（読み方＝すべて一音で読む）
　と＝トゥ、ﾂｼ゜＝ツィ、ど＝ドゥ、て＝ティ、ふぇ＝フェ。

琉歌演習

演習問題 24

　「よらてく」というのは、寄り合って来いという意味で、祝賀の席へ大勢の人に皆来いと呼びかける歌とされています。

　開放的な沖縄人の心意気を如実に示したものである。かちゃーしーの曲にぴったりで、次の歌と対をなして歌われています。

<ruby>夜<rt>ゆ</rt></ruby>ぬ明き<ruby>てて<rt>あ</rt></ruby>だや　<ruby>上<rt>あ</rt></ruby>がらわん<ruby>宜<rt>ゆた</rt></ruby>しゃ

<ruby>巳午時<rt>みんまどち</rt></ruby>までん　<ruby>御祝<rt>ういゑ</rt></ruby>しゃびら

（夜が明けて太陽が出てもいいですよ。十時十二時までもお祝いしましょう）

　夜を徹して遊ぼうという若者の歌です。
　発音について。
　わ行の「ゐ」「ゑ」の発音は音韻記号で示すと、[’wi]、[’we]です。声門閉鎖音ではないです。
　それでは、下記の歴史的仮名遣いの琉歌を言文一致で、現代仮名遣いを使って沖縄語で書いてください。そして、その歌意は共通語で書いてください。直した文を音読して憶えましょう。

「島袋盛敏著　増補琉歌大観から原文のまま引用」

かれよしの遊び　うちはれてからや

　　　　　　　夜のあけててだの　あがるまでも

安波のまはんたや　肝すかれ所

　　　　　　　宇久の松下や　ねなしところ

- 79 -

ゆらてく節

047 嘉例吉ぬ遊び　うち晴りてからや

夜ぬ明きててだぬ　上がるまでん

めでたいお祝いの遊びに皆思う存分うちとけたからには、夜が明けて太陽が出るまでも遊び明かしましょう。

安波節

048 安波ぬ真はんたや　肝すかり 所

宇久ぬ松下や　寝成し 所

安波の眺望のよい高台は、心から好かれる面白いところで、宇久の松の下は、恋人と一緒に寝るところである。

語句の説明など：（語句は本文では活用されているのもある）
・嘉例吉：めでたいこと。縁起の良いこと。
・うち晴りゆん：晴れあがる。愉快に楽しむ。遠慮なく思う存分にくつろぐ。
・てだ：太陽。お日さま。「口語では、てーだ。音数律を整えるため、長音符号が脱落している」
・安波：地名。
・まはんた：端。はしっこ。崖のふち。「ここでは村の裏手の太平洋に面した高台のこと」
・肝すかり 所：心から好かれるところ。
・宇久：地名。
・寝成し 所：寝るところ。
・巳：午前 10 時ごろ。「口語では、巳」
・午：昼 12 時。

この頁の沖縄文字（読み方＝すべて一音で読む）
て＝ティ、す＝スィ、で＝ディ、ど＝ドゥ、マ＝ツィ、ん＝「ん」の声門閉鎖音。

琉歌演習

演習問題 25

　勝連繁雄著「琉球舞踊の世界〜私の鑑賞法〜」から 柳節の『柳 は 緑 花は 紅
人 はただ 情 梅 は 匂 』（原文のまま）を考えてみましょう。

　「梅」は３音節になって、まず琉歌の音数律を壊していると同時に発音も正
しくないです。音韻記号で書くと [？uNmi] となります。本当は２音節の [？Nmi]
です。つまり「んみ」です。

　さて、琉球舞踊古典女七踊の１つに『柳』があるが、演習問題２で勉強した
「中城 はんた前節」と、この「柳節」で構成されます。また歌形は、８・８・
８・６音と異なり、７・７・８・６音となっています。

　赤犬子の作だとされているので、尚真王代（1477＜文明 9＞〜1527＜大永 5
＞）の古い歌となります。

　それでは、下記の歴史的仮名遣いの琉歌を言文一致で、現代仮名遣いを使って
沖縄語で書いてください。そして、その歌意は共通語で書いてください。直した
文を音読して憶えましょう。

　初心者は、フィードバックのページで直された琉歌を音読して憶えましょう。
その歌意からイメージをして、つまり心の中に浮かべる像を描くと憶えるのが楽
しくなります。黙読はせず、音読して言葉の音を憶えましょう。黙読だけでは、
言葉の音は身に付きません。

「島袋盛敏著 増補琉歌大観から原文のまま引用」

柳はみどり　花は紅

　　　人はただ情　梅は匂

旅や浜宿り　草の葉ど枕

　　　寝ても忘ららぬ　我親のおそば

柳節（やなじぶし）

049 柳（やなじ）わ 緑（みどり）　花（はな）わ 紅（くりない）

人（ふぃと）わただ 情（なさ）き　梅（んみ）わ 匂（にをい）

　　柳のいろは緑であり、花は紅である。そして、人は情けを第一とし梅は匂が命である。

浜千鳥節（はまちどりぶし）

050 旅（たび）や 浜宿（はまやど）い　草（くさ）ぬ 葉（ふ）ど 枕（まくら）

寝（に）てぃん 忘（わす）ららぬ　我親（わや）ぬ 御側（うすば）

　　旅は浜辺に宿って、草の葉を枕とするが、そういう時寝ても覚めても忘れられないのは、親の側で暮らしたことである。

語句の説明など：（語句は本文では活用されているのもある）

・柳節（やなじぶし）は、ほとんど日本語の知識で読み取れる。

・〜ど：ぞ。こそ。強意の助詞。「草（くさ）ぬ 葉（ふ）ど 枕（まくら）」強いて言うならば、枕は草の葉しかないのである。野宿を意味する。
　「花子（はなこ）がど 悪（わっ）さる：花子が悪いのだ。沖縄語では、口語でもよく使われる助詞でたびたび出てくるものである」

・我親（わや）：音数律を整えるために「わうや」の「う」を取って「わや」にしているのは、瓦屋節でも勉強したのと似ている。「や」に対して「親」は当て字ではないかと思われるが、「う」が脱落しているのを考慮すると、当て字には当たらないと考えている。

この頁の沖縄文字（読み方＝すべて一音で読む）
　ど＝ドゥ、ふぃ＝フィ、とぅ＝トゥ、ん＝「ん」の声門閉鎖音、を＝ヲゥ、ふ＝フゥ、てぃ＝ティ、す＝スィ。

琉歌演習

演習問題 26

　玉城朝薫作組踊（くみをどい ぐばん）五番の１つに「女物狂（をんなむぬぐるい）」があります。この演目は、全部で６つの歌「すりかん節（ぶし）、しーやーぷー節（ぶし）、子持節（くむちゃーぶし）、散山節（さんやまぶし）、東江節（あがりーぶし）、立雲節（たちくむぶし）」があるが、最初に出ている「すりかん節」および「しーやーぷー節（ぶし）」を味わいたいと思います。

　「すりかん節（ぶし）」は、風車が出てくるし、「しーやーぷー節（ぶし）」は、沖縄特有の県花でマメ科植物の梯梧の花が出てきます。

　旧暦の４月～５月頃は深紅の花、燃えるような梯梧の花が咲きます。亜熱帯特有の喬木で眼が覚めるほどに美しいのに、人盗人が子どもをかどわかす物語になっています。

　「４月になれば」とか「若夏になれば」などに見られるが、琉歌では「に」のところを「が」にしているのは特徴的です。「４月（しんぐゎ）が成（な）りば」あるいは「若夏（わかなつ）が成（な）りば」です。口語では「４月（しんぐゎ）成（な）いねー」で、「に」は使いません。例えば、大人になることを「大（うふ）っ人（ちゅな）成ゆん」といい、「大（うふ）っ人（ちゅな）に成（な）ゆん」とは言いません。

　それでは、下記の歴史的仮名遣いの琉歌を言文一致で、現代仮名遣いを使って沖縄語で書いてください。そして、その歌意は共通語で書いてください。直した文を音読して憶えましょう。

「島袋盛敏著　増補琉歌大観から原文のまま引用」

風舞（かぜまや）やとれば　風つれてめぐる

　　　　　どしとまいてつれて　遊びぼしやの

四月がなれば　梯梧（でいご）の花咲きゆり

　　　　　暗さある山も　あかくなゆさ

すりかん<ruby>節<rt>ぶし</rt></ruby>

051 <ruby>風廻<rt>かじまや</rt></ruby>や<ruby>取<rt>と</rt></ruby>りば　<ruby>風<rt>かじ</rt></ruby><ruby>連<rt>ツィ</rt></ruby>りて<ruby>廻<rt>みぐ</rt></ruby>る

　　　　　どしとめて<ruby>連<rt>ツィ</rt></ruby>りて　<ruby>遊<rt>あす</rt></ruby>び<ruby>欲<rt>ぶ</rt></ruby>しゃぬ

風車は風に連れて廻る。私は友達を探して一緒に連れて遊びたい。

しーやーぷー<ruby>節<rt>ぶし</rt></ruby>

052 <ruby>四月<rt>しんぐヮ</rt></ruby>が<ruby>成<rt>な</rt></ruby>りば　<ruby>梯梧<rt>でぃーぐ</rt></ruby>ぬ<ruby>花咲<rt>はなさ</rt></ruby>ちゅい

　　　　　<ruby>暗<rt>くら</rt></ruby>さある<ruby>山<rt>やま</rt></ruby>ん　<ruby>明<rt>あか</rt></ruby>く<ruby>成<rt>な</rt></ruby>ゆさ

四月になると梯梧の花が咲いて、暗い山も明るくなる。

語句の説明など：（語句は本文では活用されているのもある）

・<ruby>風廻<rt>かじまや</rt></ruby>：風車。「口語では、<ruby>風廻<rt>かじまや</rt></ruby>ー」
・どし：友。友達。仲間。
・とめて：捜して。「口語では、とめーて。長音符号が脱落している。（終止形）とめーゆん」
・<ruby>連<rt>ツィ</rt></ruby>りゆん：連れる。同伴する。
・<ruby>梯梧<rt>でぃーぐ</rt></ruby>：梯梧。「口語では、<ruby>梯梧<rt>でぃーぐ</rt></ruby>」木材ではいろいろの器具を作る。

この頁の沖縄文字（読み方＝すべて一音で読む）
　と゚＝トゥ、つ゚＝ツィ、て゚＝ティ、ど゚＝ドゥ、す゚＝スィ、ぐ゚＝グヮ、で゚＝ディ。

琉歌演習

演習問題 27

　無邪気な子供が風車で遊ぶ歌と、田舎の「毛遊び」の歌を味わいたいと思います。「毛」は当て字に入ると思うが、古くから慣用語として使っているので、使いました。

　昔の子どもたちは、今のようにおもちゃがなかったので、自分たちで簡単なおもちゃを作って遊んだものです。凧を作って凧揚げをしたり、竹トンボなども作っていました。おもちゃを買うということはありません。

　垣花節の歌も、くちなしの白い花で風車を作って友達と遊ぶのが嬉しいことを歌っています。

　一方、加那よー節は、農村での若い男女が夜、野原に出て遊んでいます。三線を持って歌ったり踊ったりして、しばしば夜を明かしたと言います。

　歌の意味は、恋しい面影が目の前にちらつくと、家にじっとして居られないです。さあ一緒に連れ立って遊んで、浮世の苦しいことは何もかも忘れてしまおうというものです。

　地域によっては、羽目をはずして遊んだとも聞いているが、筆者の地域では静かに過ごしたものです。

　それでは、下記の歴史的仮名遣いの琉歌を言文一致で、現代仮名遣いを使って沖縄語で書いてください。そして、その歌意は共通語で書いてください。直した文を音読して憶えましょう。

花の風廻や　風つれてめぐる

　　　　　我身やどしつれて　遊ぷうれしや

面影の立ては　宿にをられらぬ

　　　　　できややうおしつれて　遊で忘ら

演習問題 27 のフィードバック

垣 花節
かちぬはなぶし

053 花ぬ風廻や　風連りてィ廻る
　　　はな　かじまや　　かじ⒜り　　みぐ

　　　　我身やどし連りてィ　遊ぶ嬉しゃ
　　　　わみ　　　　　⒜り　　　あす　うり

花の風車は風と一緒に回り、私は友達と一緒に遊ぶのが嬉しい。

加那よー節
かなぶし

054 面影ぬ立てィば　宿に居らりらぬ
　　　うむかじ　た　　　やど　を

　　　　でィちゃよ押し連りてィ　遊でィ忘ら
　　　　　　　　　　う⒜り　　あす　わす

面影が立つと家にじっとして居ることが出来ない。さあ一緒に連れ立って遊んで忘れよう。

語句の説明など：（語句は本文では活用されているのもある）
・風廻：風車。「口語では、風廻ー」
　かじまや
・花ぬ風廻：花の風車。「くちなしの白い花は十字形になっている。風車を作って子供がもてあそぶのに適している」
　はな　かじまや
・どし：友。友達。仲間。
・でィちゃ：さあ。では。いざ。「筆者は、でィっかー、をよく使っていた」
・押し連りゆん：連れ立って。「押し連りてィ互に眺みやい遊ば：連れ立って一緒に眺めて遊ぼう」
　う⒜り　　　　　　　う⒜り　　　たげ　なが　　　あそ
・「を」の発音は、便宜上「ヲゥ」としたが、五十音の発音に引っ張られて、正確に発音が出来ないようである。
　「音読の要領」で説明したように、正確には（う）[ʔu]を言う時の口の形は同じで、息を止めないで（う）[ʔu]を発音すると、正確に（を）[ʼu]の発音が出来る。息を止めると声門閉鎖音の（う）になってしまう。いわゆる母音の（う）である。工工四をなぞる仕事をしている下手な歌い手さんは、このあたりの訓練が出来ていない。まともな指導者が少ないからでしょう。
　ちょっと直したら誰でも簡単にできるものである。

この頁の沖縄文字（読み方＝すべて一音で読む）
⒜＝ツィ、てィ＝ティ、どィ＝ドゥ、すィ＝スィ、を＝ヲゥ（正確には「う」の声門閉鎖音でない音）、でィ＝ディ。

琉歌演習

演習問題 28

　琉球歌加留多「ねゐてぃぶ」発行から伊江節の『東（いがり）うち向（んか）てぃ飛びゅる綾蝶（あやはびる）まずぃゆ待てぃ蝶（はびる）いやい持（む）たさ』（原文のまま）を引用して考えましょう。

　これは、演習問題 23 で勉強したので、詳しく説明する必要はないと思います。

　この冊子は、琉球歌加留多になっているので、影響は大きいです。間違った発音で加留多遊びをやると、言葉は低俗化していくので将来を危惧しております。

　現代仮名遣いで送り仮名の使い方までルーズになっています。国語の教育にも悪影響を及ぼすものと思います。

　正しくは「向（ん）かゆん」です。従って活用すると「向（ん）かて」です。

　下記には「さーさー節」があるが、昔の地方では結婚しても夫が妻の家に通う風習があったといわれています。それで月見していた女たちが家に夫が来て待っているであろうと思って、さあさあ急いで帰ろうという女の歌だというのです。通い婚で夫婦は、同居せず夫が妻の家へ通う婚姻形態だったようです。

　島袋盛敏著「増補琉歌大観」には、さーさー節に琉歌が 2 首入っているが、2 首とも女たちが胸騒ぎして帰る歌になっています。

　それでは、下記の歴史的仮名遣いの琉歌を言文一致で、現代仮名遣いを使って沖縄語で書いてください。そして、その歌意は共通語で書いてください。直した文を音読して憶えましょう。

「島袋盛敏著　増補琉歌大観から原文のまま引用」

急ぎ立ち戻ら　月も眺めたり

　　　　里やわが宿に　待ちゆらだいもの

あがり打ち向かて　飛びゅる綾蝶（あやはべる）

　　　　まづよ待てはべる　いやりもたさ

演習問題 28 のフィードバック

さーさー節

055 急じ立ち戻ら　月ん眺みたい

　　　　里や我が宿に　待ちゅらでむぬ

　月も眺めたから急いで帰ろう。家にはあの方が待っていらっしゃるであろうから。

伊江節

056 東打ち向かて、飛びゅる綾はべる

　　　　先ずゆ待て、はべる　いやい持たさ

　東方に向かって飛ぶ美しい蝶よ、ちょっと待ってくれ、東方の東江に言付けものを持たせてやりたい。

語句の説明など：（語句は本文では活用されているのもある）
・〜でむぬ：〜であるから。
・東：日のあがる方の意から出来た語。ここでは東江という地名とかけ言葉となっている。
・綾はべる：羽の紋様の美しい蝶。「蝶の美称」
・先ず：先ず。
・いやい：伝言。言づて。

この頁の沖縄文字（読み方＝すべて一音で読む）
　ど＝ドゥ、ツィ＝ツィ、と＝トゥ、い＝「い」の声門閉鎖音でない音、て、＝ティ、ず＝ズィ。

琉歌演習

演習問題 29

　現在発表されている機関誌などの散文においては、発音の間違いや文章の綴りに問題があり、次世代へ適切に伝えられるものになっているのか疑問に思っています。

　琉歌においては、解釈の間違いや発音については、大変お粗末なものであると言わざるを得ません。

　「しまくとぅば」を公用語にする提案もあるが、ほんとに普及に関わる人たちは公用語が書けるのか疑問に思っています。先が思いやられます。

　さて、琉球歌加留多「ねゐてぃぶ」発行の白鳥節の『御船ぬ高艫に白鳥が居ちょん白鳥やあらん思姉妹うすぃじ』(原文のまま) を引用して考えましょう。どうして、居ちょん（いちょん）か考えてください。

　「座っている」というのは、口語で「ゐちょーん」です。従って、音数律を整えるために「ゐちょん」としなければならないのです。

　先人たちが残した文芸作品を、でたらめにして良いのか考えさせられます。

　(い) [？i]と (ゐ) [’i]の区別をきちんと把握していただきたいと思います。

　それでは、下記の歴史的仮名遣いの琉歌を言文一致で、現代仮名遣いを使って沖縄語で書いてください。そして、その歌意は共通語で書いてください。直した文を音読して憶えましょう。

「島袋盛敏著　増補琉歌大観から原文のまま引用」

拝でなつかしやや　まづせめてやすが

　　　　　　　別て面影の　立たばきやしゆが

お船のたかともに　白鳥がゐちやうん

白鳥やあらぬ　思姉おすじ

述懐節
（しゅっくぇーぶし）

057 拝でぃなつぃかしゃや　先ずしみてぃやすが
　　　　　別てぃ面影ぬ　立たばちゃしゅが
（をが）（ま）（わか うむかじ た）

お目にかかって、今までの悲しさは先ず幾分慰められたが、今度お別れして後に、面影が立ったらどうしよう。

白鳥節
（しるどやぶし）

058 御船ぬ高艫に　白鳥がいびちょん
　　　　　白鳥やあらん　うみないうすぃじ
（うに たかどぅむ しらどや しらどや）

お船の艫柱の上に白鳥が座っている。あれは白鳥ではなくお姉さまの御霊なのだ。

語句の説明など：（語句は本文では活用されているのもある）

・拝でぃ：（神仏を）拝んで。お会いして。拝見して。「御話拝むん：お話をする。広い意味で使われる言葉で、ここでは、お目にかかる」
・なつぃかさん：悲しい。
・先ず：先ず。
・ちゃしゅが：どうしようか。どうするか。「口語では、ちゃーすが」
・御船：お船。「演習問題 18 の琉歌にも出ている」
・高艫：高いとも。（船尾）。
・いびちょん：座っている。「口語では、いびちょーん」
・あらん：そうではない。
・うみない：お姉さま。妹様。貴族・士族の兄弟から見た姉妹の敬称。
・うすぃじ：神様。御霊。

この頁の沖縄文字（読み方＝すべて一音で読む）
　くぇ＝クェ、をぅ＝ヲゥ、でぃ＝ディ、つぃ＝ツィ、ずぃ＝ズィ、てぃ＝ティ、すぃ＝スィ、どぅ＝トゥ、いび＝「い」の声門閉鎖音でない音。

琉歌演習

演習問題 30

早作田節の琉歌は、島袋盛敏著「増補琉歌大観」には、20 首収録されています。

ここでは春の花盛りに奥山住まいの鶯が匂いを慕い来て、さえずっている声がとても美しいのを詠んだ琉歌を紹介します。

口語では、声のことを沖縄語で（くぃー）[kwii] と発音するが、琉歌では音数律を整えるため、辺野喜節の場合は、「波ぬ声ん止まり」で、1 音節（くぃ）[kwi] としたが、ここでは、2 音節で（くい）[kui] と発音します。

また、鶯のことは、地域で呼び方があると思うが、「こっこん小」といいます。そして、鳴き声は、「ほーほけきょー」ではなく、「ふーふぃっちょー」といいます。

くて節の原文は、ご慈悲としているが、島袋盛敏著「増補琉歌大観」によると是は是とし、非は非とする正しい政治の意です。従って、「御是非」とします。

それでは、下記の歴史的仮名遣いの琉歌を言文一致で、現代仮名遣いを使って沖縄語で書いてください。そして、その歌意は共通語で書いてください。直した文を音読して憶えましょう。

「島袋盛敏著 増補琉歌大観から原文のまま引用」

春や花盛り　深山鶯の
　　　　匂しのでほける　声のしほらしや

ご慈悲ある故ど　お真人のまぎり
　　　　上下もそろて　仰ぎ拝む

演習問題 30 のフィードバック

　　早作田節
　　　　はいていくてんぶし

059春や花盛い　深山 鶯 ぬ
　　はる　はなざか　　　み やまうぐいす

　　　　　匂忍で{び}ふきる　声ぬしゅらしゃ
　　　　　にゐしぬ　　　　　　くい

　　　　春の花盛りになると、深山鶯が花の匂いを忍んで来てさえずる声が愛らしい。

　　くで{てぃ}節
　　　　ぶし

060御是非ある故ど　御万人ぬまじり
　　ぐ じ ふ　　ゆい　　う まんちゅ

　　　　　上下ん揃で{てぃ}　仰じ拝む
　　　　　かみしむ　　する　　おー　をが

　　　　是は是として非は非とする正しい政治が行われてこそ、万民上下揃って国王のお徳を
　　　　仰ぎ拝むことが出来る。

語句の説明など：（語句は本文では活用されているのもある）
・ふきる：さえずる。（小鳥が）美しい声で鳴く。「口語では（終止形）ふきゆん」
・しゅらさ：しおらしい。愛らしい。「口語では、すーらーさん」
・是非：是非。正邪。善悪。
　じ ふ
・ど：ぞ。こそ。強意の助詞。「命ど宝：命こそ宝」
　　　　　　　　　　　　　　ぬち たから
・御万人：人民。一般の庶民。多くの人。万人。
　う まんちゅ
・まじり：あるだけ。すべて。「御万人ぬまじり仰じ拝ま：万民皆揃って仰ぎ拝む」
　　　　　　　　　　　　う まんちゅ　　　　おー　をが
・上下：身分などの上下。
　かみしむ

この頁の沖縄文字（読み方＝すべて一音で読む）
　{ツィ}＝ツィ、{スィ}＝スィ、で{び}＝ディ、てぃ＝ティ、ふぃ＝フィ、ど＝ドゥ、
　を＝「う」の声門閉鎖音でない音。

琉歌演習

演習問題 31

　下記の最初の琉歌は、早作田節（はいくてんぶし）に分類されているのもあるが、島袋盛敏著「増補琉歌大観」には、作田節（くてんぶし）に入れてあります。本書では、島袋盛敏著「増補琉歌大観」に従って分類してあります。

　「なんじゃ」は、南鐐のことで、美しい銀、あるいは良質の銀です。

　「黄金じく立てて」は、稲摺臼は上下2つの部分からなって、下の臼には真ん中に軸が立っています。その軸を黄金と見なしたものであるという。今は機械で脱殻しているが、昔は、娘たちが臼の上の部分に縄を付けて、それを両方に座って右手と左手と交互に引いて、上の臼を回して籾殻を除いたようです。

　2番目の琉歌で「目笑ひ歯茎（めわらはぐき）」は、明眸皓歯、即ち、澄んだ瞳と白い歯で美人の形容にいいます。口語では、「目笑ーすん（みーわれ）」という言葉があり、微笑むということで良く使われています。

　女童（みやらび）のことを美童（みやらび）という当て字を使う書物を見かけるが、それは当たらないです。

　それでは、下記の歴史的仮名遣いの琉歌を言文一致で、現代仮名遣いを使って沖縄語で書いてください。そして、その歌意は共通語で書いてください。直した文を音読して憶えましょう。

「島袋盛敏著　増補琉歌大観から原文のまま引用」

なんぢや臼なかへ　黄金じく立てて
　　　　　　　はかて盛てあまる　雪の真米

諸鈍長浜（しょどんながはま）に　打ちやり引く波の
　　　　　　　諸鈍女童（めやらべ）の　目笑ひ歯茎（めわらはぐき）

演習問題 31 のフィードバック

作田節（つくてんぶし）

061 なんじゃ臼（うす）なかい　黄金軸（くがにじく）立てて

計（はか）て盛（む）て余（あま）る　雪（ゆち）ぬ真米（まぐみ）

美しい銀の臼に黄金の軸を立てて、稲の脱穀をして計ってみると盛り余るほどよくできて雪のような白い米である。

しゅんどー節（ぶし）

062 諸鈍長浜（しゅどんながはま）に　打ちゃい引（う）く波（なみ）ぬ

諸鈍女童（しゅどんみやらび）ぬ　目笑歯口（みわれはぐち）

諸鈍の長浜に打ち寄せては引く波が、白く砕けるのを見ると、諸鈍の娘たちが微笑んで澄んだ瞳と白い歯を見る思いである。

語句の説明など：（語句は本文では活用されているのもある）

・なんじゃ：美しい銀。「南鐐のこと」
・〜なかい：に。の中に。存在する場所を表わす。
・黄金軸（くがにじく）：黄金の軸。
・雪ぬ真米（ゆち まぐみ）：雪のような白い米。
・諸鈍（しゅどん）：鹿児島県瀬戸内町の諸鈍集落（加計呂麻島）
・長浜（ながはま）：地名。
・女童（みやらび）：娘。おとめ。農村の未婚の娘をいう。
・目笑（みわれ）：微笑み。「口語では、目笑ー（みーわれ）。動詞は（すん）を付けて、目笑ーすん（みーわれすん）」
・歯口（はぐち）：打ち寄せる波が白い歯のようであるとしている。美しい表現である。

この頁の沖縄文字（読み方＝すべて一音で読む）
ゑ＝ツィ、て＝ティ、ど＝ドゥ、ふ＝フィ。

琉歌演習

演習問題 32

　月を詠んだ美しい琉歌を味わいたいと思います。

　「うす風」は、和風とされているが、穏やかな風です。その風も思いやりがあるというのです。そうだから、雲が晴れて照り輝く月が美しいと詠まれています。瓦屋節（からやぶし）に入れてある琉歌です。

　もう１つは、謝敷節（じゃじちぶし）です。

　謝敷の海岸は、近年まで板を敷いたような珊瑚礁が広がっていたというが、今はどうなっているのでしょうか。その板干瀬に打ち寄せる白い波は、謝敷の娘たちが笑っている澄んだ瞳と白い歯をダブらせて詠んだ歌を紹介します。

　知性のある方が詠んだのでしょう。そこに見えるありさまが美しいです。

　この「目笑歯口」（みわれはぐち）は、演習問題 31 にも出ました。笑顔に見せる白い歯の口もとのことであるので、歯茎にはせず「歯口」（はぐち）にしたほうがいいです。

　それでは、下記の歴史的仮名遣いの琉歌を言文一致で、現代仮名遣いを使って沖縄語で書いてください。そして、その歌意は共通語で書いてください。直した文を音読して憶えましょう。

　初心者は、フィードバックのページで直された琉歌を音読して憶えましょう。その歌意からイメージをして、つまり心の中に浮かべる像を描くと憶えるのが楽しくなります。黙読はせず、音読して言葉の音を憶えましょう。黙読だけでは、言葉の音は身に付きません。

「島袋盛敏著　増補琉歌大観から原文のまま引用」

おす風もけふや　心あてさらめ

　　　　　雲はれて照らす　月のきよらさ

謝敷板干瀬に　うちやり引く波の

　　　　　謝敷めやらべの　目笑ひ歯茎

演習問題 32 のフィードバック

瓦屋節
（からやぶし）

063 うす風ん今日や　心あてさらみ
（かじ）　（きゅ）　（くくる）

　　　　　雲晴りて照らす　月ぬ清らさ
　　　　　（くむは）（て）　（ゆち）（ちゅ）

そよ風も今日は心遣いがあるのだろう。空はすっかり雲が晴れて照り輝く月が美しい。

謝敷節
（じゃじちぶし）

064 謝敷板干瀬に　打ちゃい引く波ぬ
（じゃじちいたびし）　（う）（ふぃ）（なみ）

　　　　　謝敷女童ぬ　目笑歯口
　　　　　（じゃじちみやらび）　（みわれはぐち）

謝敷の海岸の板干瀬に打ち寄せては引く波の美しさは、謝敷の娘たちが微笑んで澄んだ瞳と白い歯を見る思いである。

語句の説明など：（語句は本文では活用されているのもある）
・うす風：そよ風。和風。
　（かじ）
・心あて：心当て。心で期待すること。
　（くくる）
・さらみ：「であろう」の意を強調して表わす。
・清らさん：美しい。きれいである。
　（ちゅ）
・謝敷：国頭村字謝敷。
　（じゃじち）
・板干瀬：板のような珊瑚礁が遠浅に広がったところ。
　（いたびし）
・女童：娘。おとめ。農村の未婚の娘をいう。
　（みやらび）
・目笑：微笑み。「口語では、目笑ー。動詞は（すん）を付けて、目笑ーすん」
　（みわれ）　　　　　　　　　　（みーわれ）　　　　　　　　　　　　　（みーわれ）
・歯口：打ち寄せる波が白い歯のようであるとしている。美しい表現である。
　（はぐち）

この頁の沖縄文字（読み方＝すべて一音で読む）
　て゚＝ティ、ア゚＝ツィ、ぷ＝フィ。

- 96 -

琉歌演習

演習問題 33

　言葉が持っている明確な音を知らなさすぎるので、何度でも発音の問題を取り上げます。（ん）［？N］について、例を挙げて考えてみましょう。

　琉球歌加留多「ねゐてぃぶ」発行から芋ぬ葉節の『芋<ruby>ぬ<rt></rt></ruby>葉<ruby>ぬ<rt>ふ</rt></ruby>露<ruby>や<rt>ふし</rt></ruby>真玉ゆか美らさ赤糸あぐまちに貫ちゃい掛ちゃい』（原文のまま）を引用しましょう。

　振り仮名がついているので、子どもたちに読ませると分かるが、芋の発音は、「うんむ」といいます。何故かというと、五十音の音節がしっかり脳の中に入っているからです。「ぅ」は小さく書いても大きく書いても音は変わらないです。書く人は、一生懸命工夫をしたつもりでしょうが、そうは問屋が卸さないです。つまり、そんなに思い通りになるものではありません。そこのところをよく理解してほしいです。

　正しくは2音節の（んむ）［？Nmu］です。（うんむ）［？uNmu］は3音節で間違いです。

　当て字もあります。「掛ちゃい」は無理に当て字を使っています。琉歌の解釈を誤解する人が出ます。この琉歌では「佩く」ことをいっているのです。

　2番目の琉歌は、「遊びしょんがねー節」に入っているもので、味わってみましょう。

　それでは、下記の歴史的仮名遣いの琉歌を言文一致で、現代仮名遣いを使って沖縄語で書いてください。そして、その歌意は共通語で書いてください。直した文を音読して憶えましょう。

「島袋盛敏著　増補琉歌大観から原文のまま引用」

芋の葉の露や　真玉よかきよらさ
　　　　　　　赤糸あぐまきに　貫きやりはきやり

朝ま夕ま通て　見る自由のなれば
　　　　　　　見ぼしやうらきらしや　のよでしやべが

芋ぬ葉節

065 芋ぬ葉ぬ露や　真玉ゆか清らさ
　　　　　赤糸あぐまちに　貫ちゃい佩ちゃい

　　芋の葉の露は宝玉よりも美しい。赤糸に貫き集めて首に巻いたり掛けたりする美しい
　飾りにしたい。

遊びしょんがねー節

066 朝間夕間通て　見る自由ぬなりば
　　　　　見欲しゃうらちらしゃ　ぬゆでぃしゃびが

　　朝夕通って会う自由があるのなら、どうして会いたがったり悲しがったりしましょう
　か。

語句の説明など：（語句は本文では活用されているのもある）
・ゆか：より。比較の時使う。「やか」の方がよく使われる。
・赤糸あぐまち：赤糸で宝玉を貫き集めた首飾り。
・あぐまち：編組巻の意にして貫玉、曲玉を貫く糸。
・朝間夕間：朝夕。「通常は、（朝夕さ）でしょうが、音数律を合わせているの
　でしょう」
・うらちらしゃ：うら悲しいこと。心中が悲しいこと。「（すん）を付けて動詞
　になる。うらちらさすん：うら悲しく思う」
・ぬゆでぃ：何で。どうして。「口語では、何んち」
・しゃびが：しますか。「口語で、さびーが。短縮して、しゃびが」

この頁の沖縄文字（読み方＝すべて一音で読む）
　ん＝「ん」の声門閉鎖音、ふ＝フヮ、ㄗゅ＝ツィ、す＝スィ、でぃ＝ティ、でぃ＝ディ。

琉歌演習

演習問題 34

　１番目の琉歌は、月夜に琴の音がかすかに聞こえてくるのは、何となく心がひかれるので、その家を訪ねてみたいというのです。浪漫的な歌ではないでしょうか。瓦屋節に入っている琉歌です。

　２番目の琉歌は、**よしやつる**が詠んだ歌です。

　記録によると、**よしやつる**（1650＜慶安３＞年－1668＜寛文８＞年）は、読谷山出身で家が貧しかったので、８歳の時に那覇の中島遊郭に売られています。遊女となって多くの秀歌を残したが、18歳で早世したといいます。**恩納なべ**と並ぶ女流歌人の双璧です。

　よしやつるの琉歌は、否定表現あるいは文を完結させないで、余情を持たせて内心深く耐えた思いを表現する特徴があるとされています。

　それを味わってみましょう。仲間節に入っております。

　文語独特の発音が、３個入っています。「ｽ」、「ず」、「ﾗ」です。もう一つあるが、それは「づ」です。「ず」と「づ」は同じ音です。詳しくは第Ⅲ章を見てください。

　それでは、下記の歴史的仮名遣いの琉歌を言文一致で、現代仮名遣いを使って沖縄語で書いてください。そして、その歌意は共通語で書いてください。直した文を音読して憶えましょう。

「島袋盛敏著　増補琉歌大観から原文のまま引用」

誰が宿がやゆら　たづねやり見ぼしや

　　　　　月に琴の音の　かすか鳴ゆす

たのむ夜やふけて　おとづれもないらぬ

　　　　　一人山の端の　月に向かて

瓦屋節
<ruby>瓦屋節<rt>から や ぶし</rt></ruby>

067 <ruby>誰<rt>た</rt></ruby>が<ruby>宿<rt>やど</rt></ruby>がやゆら　<ruby>訪<rt>たず</rt></ruby>にやい<ruby>見欲<rt>み ぶ</rt></ruby>しゃ

　　　　　　月に<ruby>琴<rt>くと</rt></ruby>ぬ<ruby>音<rt>に</rt></ruby>ぬ　かすか<ruby>鳴<rt>な</rt></ruby>ゆし

どなたの家であろうか訪ねて見たい。月の夜に琴の音がかすかに聞こえるのは趣深く
心ゆかしい。

仲間節
<ruby>仲間節<rt>なか ま ぶし</rt></ruby>

068 <ruby>頼<rt>たぬ</rt></ruby>む<ruby>夜<rt>ゆ</rt></ruby>や<ruby>更<rt>ふ</rt></ruby>きて　<ruby>訪<rt>うとず</rt></ruby>りん<ruby>無<rt>ね</rt></ruby>らぬ

　　　　一<ruby>人<rt>ふぃちゅい</rt></ruby><ruby>山<rt>やま</rt></ruby>ぬ<ruby>端<rt>ふぁ</rt></ruby>ぬ　月に<ruby>向<rt>んち</rt></ruby>かて

会う約束をして頼みにしている夜は更けて行くばかりで、あの人の訪れる気配はない。
ただ一人山の端の月に向かって（どうしているのでしょうか。女性の気持ちを想像し
てみてください。待ちわびているのでしょうか）

語句の説明など：（語句は本文では活用されているのもある）
・<ruby>宿<rt>やど</rt></ruby>：宿。文語では、家のこと。
・やゆら：であろうか。
・～<ruby>欲<rt>ぶ</rt></ruby>しゃん：たい。～たい。「口語で、<ruby>見<rt>み</rt></ruby>一<ruby>欲<rt>ぶ</rt></ruby>さん：見たい。音数律の関係で、
　　圧縮して（見欲さん）」
・かすか：日本語の（かすか）。
・<ruby>鳴<rt>な</rt></ruby>ゆし：名詞化して、鳴るもの。
・<ruby>頼<rt>たぬ</rt></ruby>む<ruby>夜<rt>ゆ</rt></ruby>：会う約束をして頼みにしている夜。
・<ruby>訪<rt>うとず</rt></ruby>り：頼り。音沙汰。
・<ruby>無<rt>ね</rt></ruby>らん：ない。「口語では、（無ー<ruby>ん<rt>ね</rt></ruby>）または（無ー<ruby>らん<rt>ね</rt></ruby>）。音数律を整える
　　ために長音が脱落している」
・<ruby>山<rt>やま</rt></ruby>ぬ<ruby>端<rt>ふぁ</rt></ruby>：山の端。

この頁の沖縄文字（読み方＝すべて一音で読む）
　ど＝ドゥ、ず＝ズィ、ツ＝ツィ、と＝トゥ、す＝スィ、て＝ティ、ふぃ＝フィ、ふぁ＝フヮ。

琉歌演習

演習問題35

　島袋盛敏著「増補琉歌大観」では、琉歌は大きく「節組の部」と「吟詠の部」に分類されています。これまでに出てきたのは、「節組の部」でした。

　よしやつるの秀歌をもう少し紹介したいと思うが、「吟詠の部」にも入っております。下記に示した琉歌は、仲間節（なかまぶし）と「吟詠の部」から哀傷歌（あいしょーか）です。

　よしやつるの琉歌については、エピソードを聞いている方は多いと思います。ここでは、何時までも心に残る歌を2首味わいたいと思います。

　比謝橋（ふぃじゃばし）が出てくるが、この橋は、読谷村と嘉手納町の境に架けられています。演習問題34で紹介したように、彼女は8歳の時に那覇の遊郭に身売りされています。父親に連れられてこの橋を渡ったのでしょう。まだ8歳だから、那覇で成長してのちに歌ったのでしょう。彼女にとっては情け心のない橋でしかなかったのです。

　最初の琉歌は、首里貴族の仲里按司との悲恋物語を背景に語りつがれているものであるといいます。及ばぬ恋の切なさを見事に歌い上げているのを味わってみたいと思います。

　それでは、下記の歴史的仮名遣いの琉歌を言文一致で、現代仮名遣いを使って沖縄語で書いてください。そして、その歌意は共通語で書いてください。直した文を音読して憶えましょう。

「島袋盛敏著　増補琉歌大観から原文のまま引用」

及ばらぬとめば　思ひ増す鏡

　　　　　　影やちやうもうつち　拝みぼしやの

恨む比謝橋や　わぬ渡さともて

　　　　　　情ないぬ人の　かけておきやら

- 101 -

演習問題 35 のフィードバック

仲間節
（なかまぶし）

069 及ばらぬと思ば　思い増す鏡

影やちょん映ち　拝み欲しゃぬ

> 及ばぬ恋と思えば、思いは増すばかりである。せめてあの方のお姿だけでも映し取って拝みたいなあ。

哀傷歌
（あいしょーか）

070 恨む比謝橋や　我ん渡さと思てぃ
（うら）（ふぃじゃばし）（わ）（わた）（む）

情き無ん人ぬ　架きてぃ置ちゃら
（なさ）（ね）（ふぃと）（か）（う）

> 恨めしい比謝橋は、私を渡そうと思って無情な人が架けて置いたのだろうか。

語句の説明など：（語句は本文では活用されているのもある）

- と思ば：と思うと。「（思ば）は、音数律を考慮して（ぅ）が脱落している。こういうことは、韻文ではよくあることである」
- 増す鏡：文語で、和歌に用いられる語を借用したもの。思いは増すばかり。
- ～ちょん：すら。さえ。「口語で（～ちょーん）。長音符号が脱落している。影やちょん：影だけでも。「ここでは姿だけでも」
- 拝むん：（神仏を）拝む。お会いする。お目にかかる。会うの敬語。拝見するという意味もあるので、広い意味で使われる。「発音に注意、（うがむん）と言う人がいるが、（をがむん）と響のいい発音をすること」
- 欲しゃん：たい。～したい。「口語で、見ー欲さん：見たい」
- ～ぬ：～なので。～くて。「読み欲さぬ：読みたくて。読みたいなあ」
- と思てぃ：と思って。「（思てぃ）（ぅ）が脱落して（思てぃ）になっている」

この頁の沖縄文字（読み方＝すべて一音で読む）
　とぅ＝トゥ、を＝ヲゥ「う」の声門閉鎖音でない音、ふぃ＝フィ、てぃ＝ティ。

琉歌演習

演習問題 36

　琉球舞踊古典女七踊の１つの「作田」を紹介します。この「作田」は「団扇踊り」と「稲穂踊り」があります。両方とも「作田節」と「早作田節」を使うが、歌詞は異なっています。

　作田節は、五穀豊穣、国の始まり、音楽の始まり、治国平天下、同胞親睦、長寿繁栄などすべて祝福すべき歌が分類されています。

　そして、早作田節は、歌と三線と、恋と遊びと、行く春を惜しむ惜春譜のようなものだとされています。

　最初に「団扇踊り」から勉強したいと思います。

　今では、夏の暑い時は、空調設備が整っているところで生活をしているので、団扇は、あまり使われないでしょう。単に宣伝用として街頭などで配っているが、ひと昔前は、「くば扇」が生活に欠かせないものでした。筆者が幼少のころは、田舎には電気や水道設備などはないので、夏の暑い夜は、夕食後「くば扇」を持って縁側に出て夕涼みをしたものです。「くば扇」の風は、とても心地よいものでした。そのような状況をイメージすると、この琉歌は味わいのある歌だと思います。

　それでは、下記の歴史的仮名遣いの琉歌を言文一致で、現代仮名遣いを使って沖縄語で書いてください。そして、その歌意は共通語で書いてください。直した文を音読して憶えましょう。

「島袋盛敏著　増補琉歌大観から原文のまま引用」

誰がすもてなちやが　手になれし扇や

　　　　　　　暑さすだましゆる　たよりなたさ

夏の日も秋の　情通はちゆて

　　　　　　手になれし扇の　風のすださ

作田節
<small>ちくてんぶし</small>

071 誰がすむてぃなちゃが　手に慣りし扇や

　　　暑ツぃさすだましゅる　頼い成たさ

　　　手に使い慣れた扇は、誰が作り上げたか。暑さ涼しくさせて頼りになったよ。

早作田節
<small>はいちくてんぶし</small>

072 夏ぬ日ん秋ぬ　情き通わちゅてぃ

　　　手に慣りし扇ぬ　風ぬすださ

　　　夏の日も秋の情を通わしていて手に持ち慣れている扇の風の涼しさ。
　　　（とても良い気持ちである）

語句の説明など：（語句は本文では活用されているのもある）

・誰がす：誰が。「日本語で、誰しの人（たれびと、なにびと）から来た語の使い方と思われる。（す）は強意の助詞」
・むてぃなしゅん：作り上げる。
・すだましゅる：涼しくさせる。
・〜さ：よ。さ。「成たさ：なったよ。述べることを相手に対して軽く強調する場合に用いる」
・通わちゅてぃ：通わしていて。
・すださ：涼しさ。
・くば扇：びろうの葉で作った団扇。

この頁の沖縄文字（読み方＝すべて一音で読む）
　ツぃ＝ツィ、すぃ＝スィ、てぃ＝ティ、ふぃ＝フィ。

琉歌演習

演習問題 37

　下記の琉歌は、琉球舞踊古典女七踊の「作田」の「稲穂踊り」に使われています。早作田節の方は、島袋盛敏著「増補琉歌大観」には入っていないので、野村流合同協議会の改訂版「舞踊節組歌詞集」から引用しました。

　下記の最初の作田節は、三線音楽の創始者である赤犬子の作とされています。赤犬子は、約 400 年前の人であるが、読谷山間切阿嘉「現在読谷村字楚辺」の出身といわれています。ゆかりの地楚辺では、現在 9 月 20 日（旧暦）に赤犬子まつりが催されています。

　作者は、津堅島の出身で三線を持って放浪したともいわれているが、拙著「昔物語」（琉球新報社）の民話では、お母さんが楚辺の人で、いろいろ訳があって言い伝えに従って、津堅へ渡ってお産をしたと書いておきました。

　2 番目の琉歌は、演習問題 31 の作田節を参照してください。下の句を少し変えてあるだけで、ほとんど同じです。

　それでは、下記の歴史的仮名遣いの琉歌を言文一致で、現代仮名遣いを使って沖縄語で書いてください。そして、その歌意は共通語で書いてください。直した文を音読して憶えましょう。

「島袋盛敏著　増補琉歌大観から原文のまま引用」

穂花咲き出れば　ちりひぢもつかぬ

　　　　　　白ちやねやなびき　あぶしまくら

「野村流合同協議会（舞踊節組歌詞集）から原文のまま引用」

銀（ナンジヤウスィ）　臼（キ）なかへ　黄金軸（クガニヂク）立（タティ）てて

　　　　ためし摺（スィ）り増（マ）しゅる　雪（ユチヌ）の真米（マグミ）

演習問題 37 のフィードバック

作田節
（ﾂｸﾃﾝﾌﾞｼ）

073 穂花咲ち出りば　塵泥ん付かぬ
（ふ ばな さ で）　　（ちりふじ）（ﾂｲ）

白ちゃにや靡ち　あぶし枕
（しら）　　（なび）　　　（まくら）

稲の穂花が咲き出ると、塵も泥も付かない、稲穂は畦を枕にしてなびいて豊作である。

早作田節
（はいﾂｸﾃﾝﾌﾞｼ）

074 なんじゃ臼なかい　黄金軸立てて
（うす）　　　（く がにじく た）（ﾃｨ）

試し摺り増しゅる　雪ぬ真米
（たみ す ま）　　　（ゆち まぐみ）

美しい銀の臼に黄金の軸を立てて、稲を試しに摺ったものがたくさんできて雪のような白い米である。

語句の説明など：（語句は本文では活用されているのもある）
・出りば：出れば。出ると。
　（で）
・塵泥：塵と泥。
　（ちりふじ）
・白ちゃに：白実。（米のこと）
　（しら）
・靡ち：なびいて。「靡ちゅん：なびく。風に、また人になびく」
　（なび）　　　　　　（なび）
・あぶし：あぜ。田のあぜ。
・なんじゃ：美しい銀。「南鐐のこと」
・〜なかい：に。の中に。存在する場所を表わす。
・黄金軸：黄金の軸。
　（く がにじく）
・雪ぬ真米：雪のような白い米。
　（ゆち まぐみ）

この頁の沖縄文字（読み方＝すべて一音で読む）
　ﾂｲ＝ツィ、ふぃ＝フィ、すぃ＝スィ、てぃ＝ティ。

琉歌演習

演習問題 38

　琉球舞踊古典女七踊の「本貫花」は、野村流合同協議会の改訂版「舞踊節組歌詞集」によると、金武節と白瀬走川節が2つ使われています。しかし、島袋盛敏著「増補琉歌大観」では、金武節は白瀬走川節に入れてあります。

　本書は、各琉歌の演習として編集しているので、琉球舞踊古典女七踊の舞踊を鑑賞する際には、第Ⅲ章で野村流合同協議会の改訂版「舞踊節組歌詞集」に従って琉歌を参照することが出来ます。

　下記の2番目の琉歌については、2つの解釈があります。「よゐれ」という語句は、島袋盛敏著「増補琉歌大観」では「捨てれ」と解釈されていて、勝連繁雄著「琉球舞踊の世界」では、「あげる」つまり貰えという解釈になっています。舞踊の方では、白糸に貫いた花は、童よ貰いなさい、と受け渡し、2歩ほど歩いて振り返る、とされています。

　本書では、島袋盛敏著「増補琉歌大観」に従っておくが、今後詳細に調べなければならないと考えております。

　それでは、下記の歴史的仮名遣いの琉歌を言文一致で、現代仮名遣いを使って沖縄語で書いてください。そして、その歌意は共通語で書いてください。直した文を音読して憶えましょう。

「**島袋盛敏著 増補琉歌大観**から原文のまま引用」

春の山川に　散りうかぶ桜
　　　　すくひ集めてど　里や待ちゆる

赤糸貫花や　里にうちはけて
　　　　白糸貫花や　よゐれわらべ

- 107 -

演習問題 38 のフィードバック

白瀬走川節
しら し はいかーぶし

075春ぬ山川に　散り浮かぶ 桜
はる やまかわ　　ち う　　さくら

掬い集みてぃど　里や待ちゅる
すく　あつぃ　　　さと　ま

春の山川に散り浮かんでいる桜の花びらを掬い集めて愛しいあの方を待つのです。

白瀬走川節
しら し はいかーぶし

076赤糸貫花や　里にうち佩きてぃ
あかちゅぬちばな　　さと　　は

白糸貫花や　ゆびり 童
しらちゅぬちばな　　　わらび

赤糸で貫き集めた花は、愛しいお方の首に掛けて白糸で貫き集めた花は捨てて子ども
達。

語句の説明など：（語句は本文では活用されているのもある）
・白瀬走川：久米島具志川村にある川。
　しら し はいかわ
・走川：急流。
　はいかわ
・～ど：ぞ。こそ。強意の助詞。「我んどやる：私なのだ」
　　　　　　　　　　　　　　　　　わ
・里：女が男の恋人をいう語。背の君。わが君。
　さと
・赤糸：赤い糸。
　あかちゅ
・貫花：紅白の花輪を糸で通し端に房を付ける。ストローのような金色の止めが
　ぬちばな
　アクセントになる。房の部分を入れないで、長さは 1 m80cm ほどで、首から
　かけると膝前後に達する。
・白糸：白い糸。
　しらちゅ
・ゆびり：捨てれ。「島袋盛敏著・増補琉歌大観による」

この頁の沖縄文字（読み方＝すべて一音で読む）
ツィ＝ツィ、てぃ＝ティ、ど＝ドゥ、とぅ＝トゥ、い＝「い」の声門閉鎖音でない音。

琉歌演習

演習問題 39

　琉球舞踊古典女七踊の「伊野波節」に使われる琉歌を勉強したいと思います。野村流合同協議会の改訂版「舞踊節組歌詞集」によると、伊野波節と恩納節が使われています。伊野波節は、島袋盛敏著「増補琉歌大観」では、長伊平屋節に分類されています。それが下記の最初の琉歌です。

　舞踊の方では、会いたくても会えない恋人を思う切なさと、激しい恋情の同居する歌詞に、「よそみの手」「ちゃーみの手」「忍びの手」「なげ手」「逢わんの手」「袖取り」「白雲手」など多彩な技法があるといいます。時間にして 17、18 分もある長い舞踊とされています。琉歌をじっくり味わい、舞踊を鑑賞したくなります。

　琉歌は、伊野波節、恩納節が 2 つ、8・8・8・8・8・6 形式の長恩納節が使われています。第Ⅲ章（2）を参照してください。

　それでは、下記の歴史的仮名遣いの琉歌を言文一致で、現代仮名遣いを使って沖縄語で書いてください。そして、その歌意は共通語で書いてください。直した文を音読して憶えましょう。

「島袋盛敏著　増補琉歌大観から原文のまま引用」

あはぬ夜のつらさ　よそに思なちやめ

　　　　　恨めても忍ぶ　恋のならひや

七重八重立てる　ませ垣の花も

　　　　匂移すまでの　禁止やないさめ

長伊平屋節
（ながいひゃぶし）

077 逢（あ）わぬ夜（ゆ）ぬ𛀁らさ　余所（ゆす）に思（うみ）なちゃみ

恨（うら）みてぃん忍（しぬ）ぶ　恋（くい）ぬ習（なれ）や

> 恋人に会えないで、空しく戻った夜のつらさ、あの方は他の人に思いをかけたのか。
> 恨んでいても忍んで会いに行く。これが恋の常でしょうか。

恩納節
（うんなぶし）

078 七重八重立（ななぃやぃた）てぃる　まし垣（がち）ぬ花（はな）ん

匂移（にゐうつ）すまでぃぬ　禁止（ちじ）や無（ね）さみ

> 七重八重に作ったませ垣の花も匂いを移すことまでの禁止はあるまい。

語句の説明など：（語句は本文では活用されているのもある）
・𛀁らさ：辛いさま。耐え難いさま。心苦しいさま。
・余所（ゆす）：よそ。よその場所。また、よその人。他人。
・思（うみ）なちゃみ：思い成したか。「日本語の（思い成す：あることに考えを決める。
　思い込む）を参考」
・習（なれ）：習わし。常のこと。
・まし垣（がち）：ませ垣。竹や木で作った垣。
・〜さみ：〜なのだぞ。〜なんだよ。「無（ね）さみ：ないのだぞ」

この頁の沖縄文字（読み方＝すべて一音で読む）
　𛀁＝ツィ、てぃ＝ティ、ゐ＝「い」の声門閉鎖音でない音、でぃ＝ディ。

琉歌演習

演習問題40

　演習問題39で勉強した琉球舞踊古典女七踊の「伊野波節(ぬふぁぶし)」に使われる琉歌の最後にもう1つ下記のように恩納節(うんなぶし)があります。

　この琉歌は普通の琉歌と異なり、8音を5回重ねて6音で結んでいます。つまり、8・8・8・8・8・6形式になっています。このように8音を4回以上重ねて6音で終わる形式を長歌と呼んでいます。

　野村流合同協議会の改訂版「舞踊節組歌詞集」によると、長恩納節(ながうんなぶし)に分類されています。

　恋人に会えず、空しく戻る道すがらをイメージして味わってみましょう。

　下記の2番目の琉歌は、よしやつるの歌です。一休みするために「吟詠の部」から「春の歌」を味わってみましょう。

　この歌には伝説があります。上の句を読み上げると、下の句を付けよというコンクールがあったというが、よしやつるは『色清(いるちゅ)らさあてゝど掬(すく)てゝ見ちゃる』と詠んで皆に褒められて評判になったといいます。当時、彼女は音に聞こえた人だったようです。

　それでは、下記の歴史的仮名遣いの琉歌を言文一致で、現代仮名遣いを使って沖縄語で書いてください。そして、その歌意は共通語で書いてください。直した文を音読して憶えましょう。

「島袋盛敏著　増補琉歌大観から原文のまま引用」

あはぬ徒らに　戻る道すがら　恩納岳見れば
　　白雲のかかる　恋しさやつめて　見ぼしやばかり

流れゆる水に　桜花うけて
　　　　色きよらさあてど　すくて見ちやる

恩納節
<ruby>うんなぶし</ruby>

079 <ruby>逢<rt>あ</rt></ruby>わぬ <ruby>徒<rt>いたずら</rt></ruby> に　<ruby>戻<rt>むど</rt></ruby>る<ruby>道<rt>みち</rt></ruby>ゖがら　<ruby>恩納岳<rt>うんなだきみ</rt></ruby>見りば

　　　　<ruby>白雲<rt>しらくむ</rt></ruby>ぬかかる　恋しさや<ruby>詰<rt>ぁ</rt></ruby>みて　<ruby>見欲<rt>みぶ</rt></ruby>しゃびけい

　　　　愛しい人に会えず空しく戻る道すがら、恩納岳を見ると白雲がかかっていて、恋しさは、つのり会いたくてたまらない。

春の歌
<ruby>はる<rt></rt></ruby> <ruby>うた<rt></rt></ruby>

080 <ruby>流<rt>なが</rt></ruby>りゆる<ruby>水<rt>みず</rt></ruby>に　<ruby>桜<rt>さくら</rt></ruby> <ruby>花浮<rt>ばなう</rt></ruby>きて

　　　　　　<ruby>色清<rt>いるぢゅ</rt></ruby>らさあてぃど　<ruby>掬<rt>すく</rt></ruby>て<ruby>見<rt>ん</rt></ruby>ちゃる

　　　　山川の水に浮いて流れる桜の花が、色美しかったので、掬い上げてみた。

語句の説明など：（語句は本文では活用されているのもある）

・ <ruby>徒<rt>いたずら</rt></ruby> ：無駄。いたずら。

・道<ruby>す<rt>みち</rt></ruby>がら：道すがら。道中。道のついで。

・<ruby>詰<rt>ぁ</rt></ruby>みゆん：詰める。非常に広い意味で使われる。ここでは、思い詰める。思いがつのる。

・びけい：ばかり。

・〜ど：ぞ。こそ。強意の助詞。「<ruby>我<rt>わ</rt></ruby>んどやる：私なのだ」

この頁の沖縄文字（読み方＝すべて一音で読む）
　ゖ＝ズィ、ど＝ドゥ、ゖ＝スィ、ぁ＝ツィ、て＝ティ。

琉歌演習

演習問題 41

　琉球舞踊古典女七踊の「かしかき」に使われる琉歌について勉強します。

　我々が琉歌を勉強しているのは、そらんずるだけでなく、舞踊を鑑賞するとき、歌詞をじっくり味わって曲想と所作が様になっているか、そして、舞踊の素晴らしさを味わうことでもあります。

　琉歌の意味も分からないで、舞台をさまよっている者、また唄三線でテンテン音出しや、工工四をなぞって声出ししているのは、近年目立っているが、もちろん、それは論ずるだけの価値のないものです。

　「七よみとはたえん」というのが出てくるが、「七読み」は、織り機の筬の種類の名で、それで織った布はもっとも目が粗いです。芭蕉布などの粗末な織物です。しかし、「はてん読み」で織った布は、最上の織物が出来ます。この琉歌では、「はてん読み」で織った布のことです。それをとんぼの羽のような美しい着物としています。

　それでは、下記の歴史的仮名遣いの琉歌を言文一致で、現代仮名遣いを使って沖縄語で書いてください。そして、その歌意は共通語で書いてください。直した文を音読して憶えましょう。

「島袋盛敏著　増補琉歌大観から原文のまま引用」

七よみとはたえん　かせかけておきゆて
　　　　　　里があかいづ羽　御衣よすらね

わくの糸かせに　くり返し返し
　　　　　　かけて面影の　まさて立ちゆさ

演習問題 41 のフィードバック

七尺節
（しちしゃくぶし）

081 七読みとはてん　紕掛きて置ちゅて
（ななゆ）　　　　　（かしか）
　　　　　里があけず羽　御衣ゆすらに
　　　　　（さと）　　（ばに）（んす）

機読みの糸を紕掛けに置いて、愛しいお方にとんぼ羽のような美しい着物を作ってあげたい。

干瀬節
（ふぃしぶし）

082 枠ぬ糸紕に　繰り返し返し
（わく）（いとかし）　　（く）（かい）（がい）
　　　　　掛きて面影ぬ　増さて立ちゅさ
　　　　　（か）（うむかじ）　（ま）（た）

枠に糸紕を繰り返し返し巻きつけていると、恋しい人の面影がますます浮かぶ。

語句の説明など：（語句は本文では活用されているのもある）
- 七読み：織り機の筬（おさ）の種類の名。七読み。
- はてん：機織りで筬の一種。二十読み。「二十読みの布のことで、一番密な上等の布。口語では、はてーん」
- 紕：桛糸。紕。布を織る経糸。「紕掛きゆん：紕に掛ける」
- 里：女が男の恋人をいう語。背の君。わが君。
- あけず羽：とんぼの羽。「あけず羽御衣：とんぼの羽のような美しい着物」
- 御衣：着物の敬語。お召し物。みそ（御衣）。
- すらに：〜したい。
- 枠：おだまき。糸を巻きつける具。糸くり。
- 面影ぬ立ちゅん：面影が浮かぶ。

この頁の沖縄文字（読み方＝すべて一音で読む）
　と＝トゥ、て＝ティ、ず＝スィ、ふぃ＝フィ。

琉歌演習

演習問題 42

　琉球舞踊古典女七踊の「かしかき」に使われる琉歌の 2 首については、演習問題 41 で勉強したが、残りの 2 首を勉強します。

　ここでは、琉歌の節の分類は、島袋盛敏著「増補琉歌大観」によるが、野村流合同協議会の改訂版「舞踊節組歌詞集」による分類は異なっています。

　舞踊を鑑賞するときは、第Ⅲ章で整理してあるので、その分類に従ってください。

　「かしかき」の舞踊において、下記の 2 番目の「さーさー節」は、近年省かれることが多いというが、流派によっては、今でも舞い続けているようです。

　関東地区のある会場で、この舞踊を見たが舞踊に値しないものでありました。さわやかさの中に女性の葛藤表現を味わいたかったが、残念ながら舞踊のうちには入らないものでした。地謡グループは、相手や周囲の事情をかえりみず、自分勝手で音楽に程遠いものでした。

　琉歌を味わっていると、愛らしさと優しさの身体表現を演じてくれるものとイメージしているが、何時かそういう芸能を拝みたいものです。

　それでは、下記の歴史的仮名遣いの琉歌を言文一致で、現代仮名遣いを使って沖縄語で書いてください。そして、その歌意は共通語で書いてください。直した文を音読して憶えましょう。

「島袋盛敏著　増補琉歌大観から原文のまま引用」

かせかけて伽や　ならぬものさらめ

　　　　くり返し返し　思どまさる

かせもかけ満ちて　でかやう立ち戻ら

　　　　里やわが宿に　待ちゆらだいもの

- 115 -

演習問題 42 のフィードバック

あがさ節
083 綛掛きて伽や　成らぬむぬさらみ
　　　　　　繰り返し返し　思ど増さる

綛をかけても慰めにもならないのだ。繰り返し返し綛をかけながら物を思う事が増すばかりである。

さーさー節
084 綛ん掛き満ちて　でぃかよ立ち戻ら
　　　　　　里や我が宿に　待ちゅらでむぬ

綛もかけ終ったら、さあさあ、帰ろう。愛しいお方は、我が宿に待っていらっしゃるだろうから。

語句の説明など：（語句は本文では活用されているのもある）
・綛掛きゆん：綛に掛ける
・伽：相手となって慰めること。「日本語の伽の意味と同じ」
・〜さらみ：〜であろうぞ。「であろう」の意を強調して表わす。
・〜ど：ぞ。こそ。強意の助詞。「我んどやる：私なのだ」
・でぃかよ：いざ。さあ。「口語では、でぃっかー」
・里：女が男の恋人をいう語。背の君。わが君。
・〜でむぬ：〜であるから。〜なので。

この頁の沖縄文字（読み方＝すべて一音で読む）
　てぃ＝ティ、とぅ＝トゥ、どぅ＝ドゥ、でぃ＝ディ。

琉歌演習

演習問題 43

　琉球舞踊古典女七踊で使われる琉歌は、すべて終えたので、玉城朝薫作の組踊（くみをどい）「五番（ぐばん）」で使われる琉歌を勉強しましょう。

　「五番（ぐばん）」と言えば「執心鐘入（しゅーしんかにいり）」「二童敵討（にどうてちうち）」「銘苅子（みかるしー）」「孝行之巻（こーこーぬまち）」「女物狂（をんなむぬぐるい）」の五組があります。この組踊（くみをどい）には、秀歌がたくさん使われています。「執心鐘入（しゅーしんかにいり）」については、すべて終えたので、残りについて順次勉強します。

　組踊（くみをどい）の琉歌については、伊波普猷全集第3巻、第8巻にもとづいて編集します。

　下記の2首の琉歌は、組踊（くみをどい）「銘苅子（みかるしー）」で使われているものです。

　ドラマのはじめに農夫の銘苅子（みかるしー）が、畑仕事の帰りに松の木の下にある泉を見ると、井戸のもとからこの世のものとは思えない香りが漂ってきます。髪の毛があるが、不思議に思い、よく見ると人間の髪ではありません。銘苅子（みかるしー）は傍らに隠れて見ると、とても美しい天女が髪を洗っているのに出会います。

　初夏でさわやかな通水節（かいみずぶし）と早作田節（はいつくてんぶし）の音楽が奏でられます。

　それからドラマが展開されます。内容については、台本で詳しく勉強したいと思います。

　それでは、下記の歴史的仮名遣いの琉歌を言文一致で、現代仮名遣いを使って沖縄語で書いてください。そして、その歌意は共通語で書いてください。直した文を音読して憶えましょう。

「伊波普猷全集　第3巻から原文のまま引用」

若夏（わかなつ）がなれば、こゝろ浮かされて、

　　　　　玉水におりて、かしらあらは。

今日（けふ）のよかる日（ひ）や　しぢやの目（め）もないらぬ、

　　　　　心（こゝろ）やすやすと　洗（あら）てのぼら。

かいみずぶし
通水節
085若夏が成りば　心浮かさりて

玉水に下りて　頭洗わ

初夏ともなれば、心が浮き立って、美しい水辺に下りて髪を洗おう。

はいつくてんぶし
早作田節
086今日ぬゆかる日や　しじゃぬ目ん無らん

心安々と　洗て昇ら

今日のよき日は、人間界の人の目もないので、心安らかに髪を洗って天に昇ろう。

語句の説明など：（語句は本文では活用されているのもある）
・若夏：初夏。旧暦4~5月の稲穂の出始めるころをいう。
・心浮かさりて：心が浮き浮きして。
・玉水：水・井戸などの美称。きれいな水辺。
・頭：髪。
・ゆかる日：よき日。「ゆかる：よき。縁起の良い」
・しじゃ：人。人間。天界の神に対して現世の人をいう。
・しじゃぬ目ん無らん：人間界の人の目もない。
・やすやすと：やすやすと。容易に。

この頁の沖縄文字（読み方＝すべて一音で読む）
　ず＝ズィ、つ＝ツィ、て＝ティ、ふ＝フィ、す＝スィ、と＝トゥ。

琉歌演習

演習問題 44

　演習問題 43 では、玉城朝薫作組踊「銘苅子（くみをどい）（みかるしー）」に出ている琉歌の勉強を始めているが、次に出てくるのが、遊び子持（あそ）（むちゃーぶし）節です。これは子守唄になっていて少し長い歌詞になっています。

　下記の言葉は、日本語なのか、沖縄語なのか、さっぱり分かりません。最初に出ている言葉には、発音に注意してほしいです。泣く子をあやす声で、感動詞として、（よーいー、よーいー）があります。（よ）［？jo]の発音は、声門閉鎖音であるから、一瞬息を止めて（よ）［’jo]を言ってください。
簡単に（よ）［？jo]の発音が出来ます。

　また、（い）［’i]は、（い）［？i]にならないように注意してください。一瞬息を止めて言うと、母音の（い）になるので、息を止めないで（い）と同じ口の形で言ってください。明確に（い）という発音ができます。実験してみてください。

　それでは、下記の歴史的仮名遣いの琉歌を言文一致で、現代仮名遣いを使って沖縄語で書いてください。そして、その歌意は共通語で書いて味わってください。

「伊波普猷全集　第3巻から原文のまま引用」

いやうい、いやうい、泣（な）くなやう。
わが按司（あじ）の飛御衣（とびみしよ）
わが按司（あじ）の舞御衣（まひみしよ）
六ツ俣（むつまた）の蔵（くら）に　八ツ俣（また）の内（うち）に
稲束（いねづか）の下（した）に　粟束（あはづか）のうちに
置（お）き古（ふる）みしちやうん、おきさるししちやうん。
寝（ね）なせ、起（お）きて泣（な）くな。
泣（なか）なれば、呉（くい）ゆんだう、
遊（あそ）ばはどくいゆんだう。

遊び子 持 節
（あすびぐゎ むちゃーぶし）

087 よーいー　よーいー　泣くなよ

我が按司ぬ飛びんしゅ

我が按司ぬ舞んしゅ

六ﾏ俣ぬ蔵に　八ﾏ俣ぬ内に

稲束ぬ下に　粟束ぬ内に

置ち古みしちょん　置ち晒ししちょん

寝なし起きて泣くな

泣かなりば呉ゆんど

遊ばわど呉ゆんど

> 良い子よ、良い子よ、泣くんじゃないよ。お母様の羽衣は、柱が六つある蔵に、八つある高倉に、稲束の下に、粟束の内に置きっぱなしで古くなっている。ほったらかしにしてある。ねんねして、起きて泣かないで。泣かなければ、呉れるぞ。遊んでこそ呉れるぞ。

語句の説明など：（語句は本文では活用されているのもある）
- よーいー：おさな子。赤ん坊。「泣く子をあやす声から転じている」
- よーいー、よーいー：泣く子をあやす声。子守唄のはじめによく用いられる語。
- んしゅ：着物の敬語。御召し物。
- 置ち古み：しまい古し。
- しちょん：してある。
- 〜ど：ぞ。だぞ。「口語で、どー。先生にぬらーりゆんどー：先生に叱られるぞ」
- 〜ど：ぞ。こそ。強意の助詞。「我んどやる：私なのだ」

この頁の沖縄文字（読み方＝すべて一音で読む）
すぃ＝スィ、ぐゎ＝クヮ、よ＝「よ」の声門閉鎖音、い＝「い」の声門閉鎖音でない音、と＝トゥ、ﾏ＝ツィ、ん＝「ん」の声門閉鎖音、ず＝ヅィ、て＝ティ、く＝クィ、ど＝ドゥ。

琉歌演習

演習問題 45

　組踊「銘苅子」から、子持節です。これも少し長い歌詞になっています。悲嘆の場面で使われているが、幼い姉弟が天女の母親を捜してさまようところです。「生まりらん生まり」という言葉は、口語でもよく使われた言葉です。悲惨な存在を表わす言葉で、ほんとうに悲しくなります。

　それでは、下記の歴史的仮名遣いの琉歌を言文一致で、現代仮名遣いを使って沖縄語で書いてください。そして、その歌意は共通語で書いて味わってください。憶えなくてもいいから、すらすら音読が出来るようにしてください。もちろん言葉の意味が分かって声を出してください。

「伊波普猷全集　第3巻から原文のまま引用」

おめけりとわぬや　生れらぬ生れ。

十に足らぬ中に、十に満ち（た）ぬ内に、

母に棄てられて、別れやり居れば、五ツ比ゑけり

一期泣暮ち、ねぶるよもねらぬ　たよるものはなち、

互に母思て、たがひに泣暮ち、

すゝられの苦れしや、すがられのくれしや、

おめけりよつれて、母とまひて行きゆん。

足まろびするな、つまころびするな。

こがと迄とまひて、こがとぎやできちも、

母親や見らぬ、母親やをらぬ。

引きゆる足引かれらぬ、肝暮れていきゆん。

子持節
（ぷむちゃーぶし）

088 うみきーど我んや　生まりらん生まり

十に足らん内に　十に満たん内に

母に棄てぃらりて　別りやい居りば　五゚ぐるゐきー

一期泣ち暮らち　眠ぶる夜ん眠らん　頼る者離ち

互に母思て　互に泣ち暮らち

すぃすぃらりぬ苦しゃ　すぃがらりぬ苦しゃ

うみきーゆ連りて　母とぅめて行ちゅん

足まるびすぃるな　爪゚転びすぃるな

くがとぅじゃでぃとぅめて　くがとぅじゃでぃっ来ん

母親や見らん　母親や居らん

引ちゅる足引かりらん　肝暮りて行ちゅん

うみきーと私は、生まれた甲斐がない者。十歳に足りなく、満たないうちに母親に棄てられ、別れているが、五歳頃になる弟は、絶えず泣いて暮らし、夜も安らかに眠れない。頼る者を失って、お互いに母を思い、泣き暮らす。せがまれるのが苦しい。すがられるのが苦しい。うみきーを連れて母を捜しに行く。足をふみすべらすな。つまずいて倒れるな。こんな遠いところまで捜しに来ても、母親は、見えないし、いない。引く足を引けない。心も暮れて行く。

語句の説明など：（語句は本文では活用されているのもある）
・うみきー：貴族・士族の女が男の兄弟を敬愛していう語。
・生まりらん生まり：生まれ甲斐のない生まれかた。
・ゐきー：姉妹から見た兄弟。
・すぃすぃらりゆん：せがまれる。せびられる。
・じゃでぃ：まで。「まで、の古い形」

この頁の沖縄文字（読み方＝すべて一音で読む）
　ぷ＝クヮ、とぅ＝トゥ、ん＝「ん」の声門閉鎖音、ぷ＝フヮ、すぃ＝スィ、てぃ＝ティ、を゚＝ヲゥ、
　つ゚＝ツィ、でぃ＝ディ、ふぃ＝フィ。

琉歌演習

演習問題 46

　組踊（くみをどい）「銘苅子（みかるしー）」では、3つの東江節（あがりーぶし）が使われています。ここでは2つ挙げて
あります。もう1つは、『あきよ、うみきー。母や見らん（ふふみ）』だけ歌います。

　東江節（あがりーぶし）は、親子、夫婦、兄弟、相思の仲、その他あらゆる非常に親しい仲の
人々の生別・死別、愛別離苦、これが最後という時の悲しい歌です。

　組踊（くみをどい）「銘苅子（みかるしー）」では、天へ帰らなければならない天女が、愛する2人の子供
を置いて飛び立とうとします。しかし明日は、母を捜して泣くだろうと思うと、
散々に悩み嘆き悲しむ場面があります。

　子どもたちが寝ているうちに別れなければどうしよう。とても悲しいところで
す。それが2番目の琉歌です。

　この2つの琉歌を読み解いて味わってみてください。

　それでは、下記の歴史的仮名遣いの琉歌を言文一致で、現代仮名遣いを使って
沖縄語で書いてください。そして、その歌意は共通語で書いてください。直した
文を音読して憶えましょう。

「伊波普猷全集　第3巻から原文のまま引用」

なし子（ぐわ）ふやかれて、飛（と）ばんてやりすれば、
　　　　　明日（あちや）や母とまいて（はゝ）、泣きゆらと思（め）ば。

ねなしちよるうちに、わかれらなきやしゆが、
　　　おぞでもゝずか（すが）り　すがるとめば。

- 123 -

演習問題 46 のフィードバック

東江節（あがりーぶし）

089 生（な）し子（ふぁ）振（ぉ）や別（か）りて　飛ばんていすりば

　　　　明日（あちゃ）や母（ふぁふぁ）とめて　泣（な）ちゅらと思（み）ば

　　　愛する子たち 2 人と別れて、天へ飛んで行こうとすれば、明日は母を捜して泣くだろうと思うと、飛びも飛ばれず、悲しくて仕方がない。

東江節（あがりーぶし）

090 寝（に）なしちょる内（うち）に　別（わか）りらなちゃすゅが

　　　　うずで百（むむすが）縋い　縋（すが）ると思（み）ば

　　　寝ているうちに別れなければどうしよう。目を覚ましてひたすらしがみついて来たら、とても振り切って別れることは出来ない。別れるなら今だ。

語句の説明など：（語句は本文では活用されているのもある）

・振（ふ）や別（か）りゅん：別れる。「親しい者同志が」
・飛ばんていすりば：飛ぼうとすれば。「口語では、飛ばんでしーねー」
・とめて（と）：捜して。「口語では、とめーゆん。とめーて：捜して」
・寝なしちょる内に（に）（うち）：寝ているうちに。「口語では、寝んとーる 間（えーだ） なかい」
・別（わか）りらなちゃしゅが：別れなければどうする。「口語では、別りらんどんあれー、ちゃーすが、など」
・うずで：目が覚めて。「うずむん：目が覚める。睡眠から目覚める」
・百（むむ）〜：百。または、多くの・大いになどの意を表わす接頭辞。
・百縋い（むむすが）：ひたすらしがみついて。

この頁の沖縄文字（読み方＝すべて一音で読む）
　ぉ＝グヮ、て＝ティ、と＝トゥ、す＝スィ、ふぁ＝フヮ、で＝ディ。

- 124 -

琉歌演習

演習問題 47

　組踊（くみをどい）「銘苅子（みかるしー）」の最後に出てくるのが、立雲節（たちくむぶし）であり下記のように2つの琉歌が使われております。

　最初の琉歌は、非常に大きな幸せを得たのは、夢にさえ見ないことであったのです。それは、もっぱらあの松と井戸のおかげであると言っています。

　2番目の琉歌は、天女が飛び去って後、首里城からのお使いが来て、2人の子のうち姉は首里城内で養育され、弟は大きくなったらお取り立てになることになり、銘苅子（みかるしー）はお位階を賜るようになったので、喜びを祝って引き揚げるところの場面で歌われております。

　組踊（くみをどい）「銘苅子（みかるしー）」の最後は、ハッピーエンドで終わることになります。

　もちろん、戯曲全体を琉歌だけで理解できないので、別途台本を読み解いて作品を味わっていきたいと思います。

　それでは、下記の歴史的仮名遣いの琉歌を言文一致で、現代仮名遣いを使って沖縄語で書いてください。そして、その歌意は共通語で書いてください。直した文を音読して憶えましょう。

「伊波普猷全集　第3巻から原文のまま引用」

夢（ゆめ）やちやうん見だぬ　百（もゝ）かほのつちやす
　　　　　　　　　　あの松（まつ）と井（かは）の　故（ゆゑ）どやゆる。

百（もゝ）かほのあれば、あの松（まつ）と井（かは）や
　　　　　　　　昔（むかし）くり戻（もど）ち　見（み）ぼしやばかり。

演習問題 47 のフィードバック

立雲節
たちくむぶし

091 夢_{ゆみ}やちょん見だ_ん　百果報_{むむかふ}ぬꀀちゃす
　　　　　　あぬ松_{まꀀ}と川_{かわ}ぬ　故_{ゆい}どやゆる

数々の有難い事を得たのは、夢にさえ見ないことだった。それは、もっぱらあの松と
井戸のおかげである。

立雲節
たちくむぶし

092 百果報_{むむかふ}ぬありば　あぬ松_{まꀀ}と川_{かわ}や
　　　　　　昔_{んかし}繰_くい戻_{むど}ち　見_み欲_ぶしゃばかり

あの松と井戸のおかげで、数々の有難い事を得たので、あの松と井戸は、幾度も繰り
返して昔のことを忍びながら見たいばかりだ。

語句の説明など：（語句は本文では活用されているのもある）

・〜ちょん：すら。さえ。「口語では、〜ちょーん。音数律を整えるため、長音
　符号が脱落して、〜ちょん」
・百_{むむ}〜：百。または、多くの・大いになどの意を表わす接頭辞。
・百果報_{むむかふ}：非常に大きい仕合せ。
・百果報ぬꀀちゃす_{むむかふ}：数々の果報の来たのも。
・〜ど：ぞ。こそ。強意の助詞。「我_わんどやる：私なのだ」
・見欲しゃ_{みぶ}：見たい。「口語では、見_みー欲_ぶさん」
・〜ばかり：ばかり。「口語では、〜びけーい。〜びかーん。〜びけーん。とあ
　る」

この頁の沖縄文字（読み方＝すべて一音で読む）
　ꀀ＝ツィ、ꀀ＝スィ、ꀀ＝トゥ、ꀀ＝ドゥ。

琉歌演習

演習問題 48

　組踊「銘苅子」の琉歌は全部終えたので、組踊「二童敵討」に出てくる琉歌を勉強しましょう。

　味わいのある琉歌が使われています。

　下記の最初の琉歌は、護佐丸の子（鶴松と亀千代）が父親の敵である阿摩和利を討ちに出かける時の歌です。

　2番目の琉歌は、鶴松と亀千代の母が出る時の歌です。

　父護佐丸は、阿摩和利のために不意に攻められて自害して果てたので、鶴松と亀千代は母と共に逃れて、しばらく世を忍んでいました。鶴松と亀千代がそれぞれ13歳と12歳になった春、阿摩和利が野遊びの宴を催すと聞いて敵討ちに出ます。結果は首尾よく討ち平らげ目的を果たします。ドラマの中でも琉歌が出てきます。この後、勉強していきます。

　ドラマの具体的なストーリーは、組踊「二童敵討」の台本で勉強したいと思います。玉城朝薫作の五組の演目で、唯一敵討ちものはこれだけです。

　それでは、下記の歴史的仮名遣いの琉歌を言文一致で、現代仮名遣いを使って沖縄語で書いてください。そして、その歌意は共通語で書いてください。直した文を音読して憶えましょう。

「伊波普猷全集　第3巻から原文のまま引用」

節々がなれば、木草だいん知ゆり、

　　　　人に生れたうて、我親知らね。

親の敵とゆる　義理立よやれば、

　　　　かなしふやかれも　すらななゆめ。

すち節

093 節節が成りば　木草でん知ゆい

　　　　人に生まりとて　我親知らに

折々になると、草木でもその本来備わっているものを知るし、人に生まれて我が親の敵を討つことを知らぬことがあってよいものか。

仲村渠節

094 親ぬ敵取ゆる　義理立ててゆやりば

　　　　悲し振や別りん　すらななゆみ

親の敵を討つ義理立てのことであれば、悲しい別れもせずに居れようか。

語句の説明など：（語句は本文では活用されているのもある）

・〜でん：だに。さえ。「でんす、の音数律を整えるために 1 音節（す）が脱落したものと思われる」
・知ゆい：知るし。知るのに。
・知らに：知らないか。「（知ゆん）という言葉の否定で問いかけの形が（知らに）となっている。これは断定を強めるために、言いたい内容の肯定と否定とを反対にし、かつ疑問の形にした表現だから上述のように和訳する。このような表現は日常の会話でも使っていた」
・振や別り：別離。
・振や別りゆん：（親しい者同志が）別れる。
・すらななゆみ：せずに居れようか。

この頁の沖縄文字（読み方＝すべて一音で読む）
　す＝スィ、ア＝ツィ、ふ＝フィ、と＝トゥ、ん＝「ん」の声門閉鎖音、て＝ティ。

琉歌演習

演習問題 49

　下記の最初の琉歌は、組踊「二童敵討」の護佐丸の子（鶴松と亀千代）が父親の敵である阿摩和利を討ちに出かける時、母に別れを告げる歌です。このまま永久に会えなくなるのか、将来どうなるか分からないという場面です。

　その次の琉歌は、鶴松と亀千代の母が別れを惜しむ場面で歌われます。父護佐丸の敵である阿摩和利を討ちに行くが、もしものことがあって命を奪われたらどうしよう。母親としては心配です。気にかかって落ち着いていられないところです。

　幸にして子供たちの命が奪われたという知らせはなく、めでたく敵を討って帰ることになります。

　2つの琉歌は共に玉城朝薫の作品です。

　言葉の響きを大切にするためには、くれぐれも1音節ごとに発音には注意していただきたいと思います。ここでは（ぐぃ）（ん）（を）という音が出てくるが、指導者も含めて下手な人が多いです。（ぐぃ）は、2音節の（ぐい）[gui]ではなく1音節の（ぐぃ）[gwi]が正しいです。（ん）は（ん）の声門閉鎖音です。（を）は、（う）の声門閉鎖音でない音です。

　それでは、下記の歴史的仮名遣いの琉歌を言文一致で、現代仮名遣いを使って沖縄語で書いてください。そして、その歌意は共通語で書いてください。直した文を音読して憶えましょう。

このからがやゆら、また拝（をが）もことも、
　　　　　　　けふの出立（いぢたち）や　さだめぐれしや。

生別（いきわか）れだいんす　かにくれしやあもの、
　　　　　　　あらし声のあらは、わ身（み）やきやしゆが。

- 129 -

散山節
きゃんやまぶし

095 此ぬからがやゆら　又拝むくとん
　く　　　　　　　　　　また をが

　　　　　今日ぬ出じ立ちや　定み苦しゃ
　　　　　きゅ ん た　　　　　さだ ぐり

このまま永久の別れとなるやら、また逢うことも今日の出で立ちは、将来どうなるか定めにくい。

伊野波節
ぬ ふぁ ぶし

096 生ち別りでんす　かに苦しゃあむぬ
　い わか　　　　　　　　くり

　　　　　嵐声ぬあらわ　我んやちゃしゅが
　　　　　あらし ぐ　　　　わ

生き別れさえこんなに苦しいのに、命が奪われたという知らせが来たら私はどうしよう。

語句の説明など：（語句は本文では活用されているのもある）

・此ぬから：これきり。これまで。「此ぬからがやゆら：このまま永久の分かれとなるやら」

・拝むん：（神仏を）拝む。お会いする。お目にかかる。「会う、の敬語」
　をが

・〜苦しゃん：〜しにくい。〜しがたい。「定み苦しゃん：定めにくい」
　　　　　　　　　　　　　　　　さだ　ぐり

・〜でんす：さえ。すら。

・〜むぬ：ものを。のに。から。ので。

・かに苦しゃあむぬ：こんなに苦しくあるものを。

・嵐声：命が奪われたという知らせ。凶報。
　あらし ぐ

・ちゃしゅが：どうしよう。「口語では、ちゃーすが」

この頁の沖縄文字（読み方＝すべて一音で読む）
　を＝ヲゥ、ん＝「ん」の声門閉鎖音、ふぁ＝フヮ、す＝スィ、ぐ＝グィ。

琉歌演習

演習問題 50

　引き続き組踊（くみをどい）「二童敵討（にどーてちうち）」で使われる琉歌を勉強していきます。

　下記に出ている最初の琉歌は「池当節（いちんとーぶし）」です。この池当は、永良部島にある地名です。

　鶴松と亀千代の2人が、父親の敵である阿摩和利の前に踊りながら出るときの歌です。この歌の裏面には、父親は死んでしまったが、その子供が春にあって、やがて大いなる花を咲かそうとしていることを風刺している趣がある、と島袋盛敏氏は解釈しています。

　その次の琉歌は、伊波普猷全集では、「はべら節（ぶし）」としているが、島袋盛敏著「増補琉歌大観」では、「はべら小節（ぐぶし）」に分類してあります。

　この2つの歌で阿摩和利の前で鶴松と亀千代の2人が踊ると、阿摩和利は調子に乗って酒を飲み、その内に酔ってしまい鶴松と亀千代に討たれます。

　この2つの琉歌も共に玉城朝薫の作品です。

　それでは、下記の歴史的仮名遣いの琉歌を言文一致で、現代仮名遣いを使って沖縄語で書いてください。そして、その歌意は共通語で書いてください。直した文を音読して憶えましょう。

「伊波普猷全集　第3巻から原文のまま引用」

散（ち）りて根（ね）にかへる　花も春くれば、
　　　　　またも色（いろ）まさる　ことの嬉（うれ）しや。

かにやる御座敷（おざしき）に、御側（おそば）寄（よ）て拝（を）がで、
　　　　　我身（わど）やればわどい、つでど見（み）やべる。

演習問題 50 のフィードバック

池当節（いちんとーぶし）

097 散りてぃ根にかいる　花ん春来りば
　　　　　　又ん色勝る　事ぬ嬉しゃ

花は時が来れば、散って根元の土に還るけれど、春が来れば、また色美しく咲くことがうれしい。

はべら節（ぶし）

098 かにゃる御座敷（うざしち）に　御側寄てぃ（うすば）拝（ゆ）がでぃ（を）
　　　　我胴（わど）やりば我胴（わど）い　抓（つ）でぃ（ど）ど見（み）ゃびる

このような貴いお座敷で、お傍に寄ってお目にかかるということは、あまりの嬉しさに、わが身はわが身であるかと抓って見るばかりです。

語句の説明など：（語句は本文では活用されているのもある）
・かにゃる：かような。こんな。「口語では、かんねーる」
・拝むん（をが）：（神仏を）拝む。お会いする。お目にかかる。「会う、の敬語」
・我胴（わど）：わが身。
・〜い：か。疑問の助詞。文の末尾に付けて質問文を作る。「我胴（わど）い：わが身であるか」
・抓でぃ（つ）：つねって。「（抓むん：つねる）が活用されている。口語では、ちんちきゅん」
・我胴（わど）やりば我胴（わど）い、抓（つ）でぃど見（み）ゃびる：わが身がわが身かと抓って見るばかりでございます。「この台詞は、よく出てくるので覚えておくといい」
・〜ど：ぞ。こそ。強意の助詞。「我（わ）んどやる：私なのだ」

この頁の沖縄文字（読み方＝すべて一音で読む）
てぃ＝ティ、とぅ＝トゥ、を＝ヲゥ、でぃ＝ディ、ど＝ドゥ、い＝「い」の声門閉鎖音でない音、つぃ＝ツィ。

- 132 -

琉歌演習

演習問題51

　さて、組踊（くみをどい）「二童敵討（にどーてちうち）」の最後の琉歌として下記のように2つあります。はべら節（ぶし）と津堅節（ⅶきんぶし）です。

　この2つの琉歌も共に玉城朝薫の作品です。

　最初の歌は、美しい蝶が、蕾める花の咲くのを待ちかねている。これは、鶴松と亀千代が敵の阿摩和利に近づいて踊っているときの歌です。

　そして次の歌は、勝連の按司である阿摩和利をほめているが、何時敵のすきを見て討つかを狙って踊っています。

　敵の阿摩和利は、調子に乗って酒を飲み、いい気になって太刀も着物も脱ぎ与え、浮かれて下着1枚になっているところを討たれます。見事に仇討は終わり、帰ることになります。

　それでは、下記の歴史的仮名遣いの琉歌を言文一致で、現代仮名遣いを使って沖縄語で書いてください。そして、その歌意は共通語で書いてください。直した文を音読して憶えましょう。

「伊波普猷全集　第3巻から原文のまま引用」

苔（つぼ（ママ））て　居（を）る花（はな）に　近（ちか）づきゆるはべる
　　　　　　　　いつの夜（よ）の露（つゆ）に　咲（さか）ち吸（す）ゆが。

勝連（かつれん）の按司（あじ）や　だんじゆとよまれる、
　　　　　　　たけほども姿（すがた）　人（ひと）に替（かは）て。

はべら節

099 蕾で居る花に　近づちゅるはびる

　　　　何時ぬ夜ぬ露に　咲ち吸ゆが

蕾んでいる花に近づく蝶が、何時の夜の露に花を咲かせて吸うことが出来るであろうか。

津堅節

100 勝連ぬ按司や　だんじゅとゆまりる

　　　　丈ふどん 姿　人に替わて

勝連の按司は、世に評判が高いが、なるほど、それももっともなことだ。堂々たる体格や威風凛々たる有様は、並の世間の人とは違ってまことに立派だ。

語句の説明など：（語句は本文では活用されているのもある）

・はびる：蝶。「口語では、はべる。文語でも、はべる、ということもある」
・按司：位階の名。大名。王子の次、親方の上に位する。
・だんじゅ：なるほど。いかにも。げにこそ。
・とゆまりる：世間に鳴り響く。評判になる。「とゆむん、の受身の形」
・ふぢ：背丈。せい。身長。
・丈ふぢ：体格。「丈ふぢうちゃゆん：体格の均衡がとれる。これは日常よく使われる言葉である。筆者が幼少のころは、きれいな座で舞う時は、容姿端麗な人でなければならなかった。今は、肉の垂れ下がった出しゃばり老人たちが舞っていて、見れば見るほど嫌になる。いくら厚化粧していても駄目。やはり（丈ふぢうちゃとーるっ人）が良い」

この頁の沖縄文字（読み方＝すべて一音で読む）
　づ＝ツィ、で＝ディ、を＝ヲゥ、ず＝ヅィ、ど＝ドゥ、す＝スィ、ふ＝フィ、て＝ティ。

琉歌演習

演習問題52

　玉城朝薫作の組踊（くみをどい）「孝行之巻」（こーこーぬまち）に出ている琉歌から宇地泊節（うちどまいぶし）と仲間節（なかまぶし）を勉強していきます。

　下記の最初の歌は、お姉さんと弟は、侍の子で父親に捨てられ貧しい家庭の中で、生きることの苦しい世を暮らしかねています。稲粟の落穂拾いに出る時に歌われています。

　その次の歌は、お姉さんが、大蛇の餌食に成ろうとして母には潮汲みに行くと言って偽り別れを告げる時、母の出じ羽（んじふ）の時歌われます。

　組踊（くみをどい）「孝行之巻」（こーこーぬまち）のストーリーについては、台本で勉強します。この2つの琉歌は共に玉城朝薫の作品です。

　300年前に作られた作品であるが、台本に目を通すと今の世の中でも重なるところがあり、深い感銘を受けます。

　それでは、下記の歴史的仮名遣いの琉歌を言文一致で、現代仮名遣いを使って沖縄語で書いてください。そして、その歌意は共通語で書いてください。直した文を音読して憶えましょう。

「伊波普猷全集　第3巻から原文のまま引用」

朝夕（あさゆ）かにくれしや　おめなりとわ身（み）や
　　　　　夢（ゆめ）の間（ま）の浮世（うきよ）　くらしかねて。

浪（なみ）あらさあらば、　風（かぜ）あらさあらば、
　　　　　いきやし思暮（おめくら）ち、　わぬや待（ま）ちゆが。

- 135 -

宇地泊節
（うちどまいぶし）

101 朝夕かに苦しゃ　うみないど我んや

夢ぬ間ぬ浮世　暮らし兼にてィ

お姉さまと私は、朝夕こんなに苦しい思いをして、夢の間の生きることの苦しい世を
暮らしかねている。

仲間節
（なかまぶし）

102 波荒さあらば　風荒さあらば

いちゃし思暮らち　我んや待ちゅが

波が荒かったら、風が荒かったら、私はどのように心配して待つことが出来よう。

語句の説明など：（語句は本文では活用されているのもある）

・かに苦しゃ：こんなに苦しい。
・うみない：おねえさま。妹様。貴族・士族の兄弟から見た姉妹の敬称。
・浮世（うちゆ）：無常の世。生きることの苦しい世。
・いちゃし：どのように。
・思暮らち（うみくらち）：心配し通しで。

この頁の沖縄文字（読み方＝すべて一音で読む）
　ど＝ドゥ、と＝トゥ、てィ＝ティ、ず＝ズィ。

琉歌演習

演習問題53

引き続き玉城朝薫作の組踊「孝行之巻」に出てくる琉歌を勉強します。

まず、下記のように本伊平屋節と比屋定節を紹介します。

本伊平屋節は、お姉さんと弟と別れの場で歌われます、そして、比屋定節はお姉さんが、大蛇の餌食となるため、北谷屋良漏溪に向かって行くときに歌われます。

死を覚悟していたが、孝女の母を思う心が天に通じて、大蛇は神の力で打ち滅ぼされて、奇跡が起こり餌食にならなくて済み、母子はめでたく再会を喜ぶようになります。

そこで、東江節『あき、生ちち居たみ』が歌われます。組踊では、別離または邂逅に感極まって泣き出す場面を大方「あき、云々」の文句で始まる東江節の調べで表わすので、俗にこれを『あーきー』といっています。演習問題46でも出ています。

それでは、下記の歴史的仮名遣いの琉歌を言文一致で、現代仮名遣いを使って沖縄語で書いてください。そして、その歌意は共通語で書いてください。直した文を音読して憶えましょう。

「伊波普猷全集　第3巻から原文のまま引用」

捨てる我が命、露ほども思まぬ

　　　　　あちやや母親の　泣きゆらとめば

後生の長旅や　往きぼしや[や]無いらぬ、

　　　　　母の為やてど　ほこていきゆる。

本伊平屋節
むとい ひゃぶし

103 捨てる我が命　露ふどん思ん
す　　　わ　　　いぬち　　　　 ʔ ゅ　　　うま

　　　　　明日や母親ぬ　泣ちゅらと思ば
　　　　　あちゃ　　ふぁふぁうや　　な　　　　　　　み

捨てる我が命は少しも惜しいとは思わない。しかし、明日母が嘆き悲しむと思えば、それればかりが気にかかる。

比屋定節
ひゃーじょーぶし

104 後生ぬ長旅や　往ち欲しゃや無らん
ぐしょ　　ながたび　　　い　　ぶ　　　　　ね

　　　　　母ぬ為やてぃど　ふくてぃ行ちゅる
　　　　　ふぁふぁ　たみ　　　　　　　　　　　い

後生の長旅は往きたくはないが、母の為だからこそ喜んで行くのである。

語句の説明など：（語句は本文では活用されているのもある）

・露ふどん：露は、文語では、わずかなもの・はかないもののたとえとする。こ
　こでは、露ほども。
・～と思ば：と思えば。「思ば、音数律を整えるため、（う）が脱落しているの
　は、他のケースでも見てきた通りである」
・後生：あの世。冥土。「後生は音数律を整えるため、長音符号が脱落してい
　る」
・～ど：ぞ。こそ。強意の助詞。「我んどやる：私なのだ」
・やてぃど：であってこそ。
・ふくてぃ：喜んで。「ふくゆん：喜ぶ。活用して（ふくてぃ）」
・ふくてぃ行ちゅん：喜んで行く。

この頁の沖縄文字（読み方＝すべて一音で読む）
　ど＝トゥ、す＝スィ、てぃ＝ティ、ʔゅ＝ツィ、ど＝ドゥ、ふぁ＝フヮ。

琉歌演習

演習問題 54

　組踊「孝行之巻」の最後の場面に出ている琉歌として、下記に挙げた屋慶名節があります。演習問題 53 で勉強したように神の力で大蛇は討ち滅ぼされ、めでたく母子が再会してドラマがハッピーエンドで終わって帰るところで歌われます。

　2 番目の琉歌は、玉城朝薫作の組踊「女物狂」に出ている散山節です。母親が、一人息子を捜しに出て狂って踊り歩くときの歌です。次の演習問題 55 の子持節も一緒に味わってください。

　ここで散山節に出ている文の組み立てを見ると、「……が……ら」の形式になっています。口語でもよく使われる形です。「が」の前には、疑わしい文が入り、「が」の次には述語が置かれて「ら」の推量で結ぶことです。「此ぬ世に」か、何処か分からない文です。その文が「が」の前に来ています。そして「が」の次に「居ゆ」があり、「ら」で結んでいます。和訳するときは、「この世に居るだろうか」となります。この形式は、憶えておくといいです。

　この「女物狂」は、幸にして息子は、金武の山寺に宿っているとき、僧侶たちに救われて母親と再会します。

　この場面でも東江節『あーきー、生ちち居たみ』が歌われます。

　それでは、下記の歴史的仮名遣いの琉歌を言文一致で、現代仮名遣いを使って沖縄語で書いてください。そして、その歌意は共通語で書いてください。直した文を音読して憶えましょう。

「伊波普猷全集　第 3 巻から原文のまま引用」

親の為しちやる　肝のあだならぬ[なゆめ]、
　　　　　神の御助けの　あるが嬉しや。

この世にが居ゆら、後生が又やゆら、
　　　　　玉黄金一人子　定めぐれしや。

演習問題 54 のフィードバック

屋慶名節
（やきなぶし）
105 親ぬ為しちゃる　肝ぬ徒成ゆみ
（うや たみ）　　　（ちむ あだ な）
　　　　神ぬ御助きぬ　あるが嬉しゃ
　　　　（かみ う たす）　　　（うり）

　　　親の為にした心は徒に成るまい。神の御助けがあるのが嬉しい。

散山節
（さんやまぶし）
106 此ぬ世にが居ゆら　後生が又やゆら
（く ゆ　を）　　　（ぐしょ　また）
　　　　　　玉黄金一人子　定み苦しゃ
　　　　　　（たまく がにちゅ い ぐぉ）（さだ ぐり）

　　　この世に生きておるであろうか、あるいは、死んであの世に行っているのだろうか。
　　　大事な一人息子の消息が定めにくい。

語句の説明など：（語句は本文では活用されているのもある）
・徒：あだ。徒労。「徒成たん：徒労になった」
　（あだ）　　　　　　　（あだ な）
・此ぬ世：この世。現世。「口語では、此ぬ世。音数律を整えるため、長音符号
　（く ゆ せ）　　　　　　　　　　　（く ゆー）
　が脱落」
・後生：あの世。冥土。「口語では、後生。音数律を整えるため、長音符号が
　（ぐしょ）　　　　　　　　　　（ぐしょー）
　脱落」
・玉黄金：玉や黄金（のような大事なもの）。
　（たまくがに）
・〜苦しゃん：〜しにくい。「定み苦しゃん：定めにくい」
　（ぐり）　　　　　　（さだ ぐり）

この頁の沖縄文字（読み方＝すべて一音で読む）
　す＝スィ、を＝ヲゥ「う」の声門閉鎖音でない音、ぐぉ＝グヮ。

- 140 -

琉歌演習

演習問題 55

　　下記の歌は、玉城朝薫作の組踊「女物狂」に出てくるもので、子持節の長い歌です。すべて8音節で書かれています。歴史的仮名遣いになっているので、これを言文一致で、現代仮名遣いを使って、今までの知識で読み解いてください。そして、その歌意は共通語で書いてください。

「伊波普猷全集　第3巻から原文のまま引用」

生れらぬ生れ　今ど思知ゆる。十に足らぬ内に、

十に満たぬ内に、去来[年]のおれづんに

こぞの若夏に　親に捨てられて、別れやりをれば、

朝夕我が頼で　朝夕伽しちやる　玉黄金一人子

去ぢやる三月に、あしゆらしち居らぬ。

遊びぼれともて、友むつれともて、

待ちかねて居たん。夜の暮れるぎやでも

夜の明けるぎやでも　物言声もすらぬ

足音もないらぬ。肝も肝ならぬ　恥も恥ならぬ

とまいれはも居らぬ。もの迷ひがしちやら、

かつ死にがしちやら、山淵に落てゝ、犬猫の餌食

なたらてやりとめば、肝ふれて居ゆん

肝迷ていきゆん。

語句の説明など：（語句は本文では活用されているのもある）

・生まりらん生まり：生まれがいのない生まれかた。「日常の会話でもよく使われる成語」
・くず：去年。
・うりずん：旧暦2〜3月、麦の穂が出るころのこと。
・んじゃる：去る。
・あしゅら：行方不明。
・遊びぶり：遊ぶことに心を奪われる。

演習問題 55 のフィードバック

子持節
<small>くゎむちゃーぶし</small>

107 生まりらん生まり　今ぞ思知ゆる　十に足らん内に

十に満たん内に　くずぬうりずんに

くずぬ若夏に　親に捨てぃらりてぃ　別りやい居りば

朝夕我が頼でぃ　朝夕伽しちゃる　玉黄金一人子

んじゃる三月に　あしゅらしち居らん

遊びぶりとぅ思てぃ　どしむつぃりとぅ思てぃ

待ち兼にてぃ居たん　夜ぬ暮りるじゃでぃん

夜ぬ明きるじゃでぃん　物言声んすらん

足音ん無らん　肝ん肝成らん　恥ん恥成らん

とぅめりわん居らん　物迷いがしちゃら

渇死にがしちゃら　山淵に落てぃてぃ　犬まやぬ餌食

なたらていとぅ思ば　肝ふりてぃ居ゆん

肝迷てぃ行ちゅん

> 生まれがいのない生まれかたは、今こそ思い知った。10歳に足りなく、あるいは10歳に満たない内に、去年の旧暦の2～3月、初夏に親に捨てられて別れていると、朝夕頼りに心を楽しませている大事な一人子が去る3月に行方不明になっている。遊びほうけて、友達と親しくなるあまり、他を顧みないと思って、待ちかねていた。夜が暮れるまでも夜が明けるまでも話し声すら足音もない。とうてい落ち着いていられない。恥も恥成らず捜してもいない。魔物に迷ったのか、餓死をしたのか、山淵に落ちて犬猫の餌食になったかと思うと、気が狂っていて心の迷いで行くのである。

語句の説明など：（語句は本文では活用されているのもある）
・どしむつぃり：友達と親しくなるあまり他を顧みないこと。
・じゃでぃ：まで。「まで、の古い形」
・肝ん肝成らん：とうていしのびない。「日常、成語としてよく使われる」
・物迷い：魔物に迷う。

この頁の沖縄文字（読み方＝すべて一音で読む）
ゎ＝クヮ、ん＝「ん」の声門閉鎖音、ど＝ドゥ、とぅ＝トゥ、ず＝ズィ、つぃ＝ツィ、すぃ＝スィ、てぃ＝ティ、を＝ヲゥ、でぃ＝ディ、ぐぁ＝グヮ、ぐ＝グィ、い＝「い」の声門閉鎖音でない音。

- 142 -

琉歌演習

演習問題 56

　玉城朝薫作の組踊（くみをどい）「五番（ぐばん）」に出ている琉歌はすべて勉強しました。素晴らしい作品を味わうことが出来ました。

　さて、今度は平敷屋朝敏作の組踊（くみをどい）「手水ぬ縁（てぃみずぃぎん）」に出ている琉歌を勉強していきましょう。

　平敷屋朝敏は、玉城朝薫とは同世代といえます。両者とも亡くなる年は1734年であるが、玉城朝薫は先に生まれています。平敷屋朝敏は、和文学・琉歌に優れて組踊（くみをどい）「手水ぬ縁（てぃみずぃぎん）」の他、和文も著しております。

　最初の琉歌は、主人公・波平山戸が瀬長山へ花見に出かける時の道行の歌です。ほとんど日本語のような文で、さわやかな春をかもしだしています。

　その次の琉歌は、組踊（くみをどい）「銘苅子（みかるしー）」で勉強した通水節（かいみずぶし）を思い出します。似ているが、内容は異なります。この歌は、女主人公である玉津の出じ羽（んぢふぁ）に歌われています。2首とも平敷屋朝敏の作品です。味わってください。すがすがしい気持ちになるものと思います。

　それでは、下記の歴史的仮名遣いの琉歌を言文一致で、現代仮名遣いを使って沖縄語で書いてください。そして、その歌意は共通語で書いてください。直した文を音読して憶えましょう。

「伊波普猷全集　第3巻から原文のまま引用」

春（はる）や野（の）も山（やま）も　百合（ゆり）の花（はな）ざかり、
　　　　　行（い）きすゆる袖（そで）の　匂（にほひ）のしほらしや。

三月（さんぐゎち）がなれば、心（こゝろ）浮かされて、
　　　　　波平玉川（はんじやたまがは）に　かしら洗（あら）は。

演習問題 56 のフィードバック

池当節
<small>いちんとーぶし</small>

108 春や野ん山ん　百合ぬ花盛り
<small>はる ぬ やま　　ゆ い　はなざか</small>

　　　行ち摩ゆる袖ぬ　匂ぬしゅらしゃ
<small>い　す　　　　　すで　　にゐ</small>

　　　春は野や山も百合の花盛りで、また、通りすがりの人の袖の匂いもしおらしい。

通水節
<small>かいみずぶし</small>

109 三月が成りば　心浮かさりてぃ
<small>さんぐゎ　　　な　　くくるぅ</small>

　　　波平玉川に　頭洗わ
<small>ふぁんじゃたまがわ　　かしらあら</small>

　　　三月になると、心が浮き浮きして、じっとして居られない。波平玉川で髪を洗おう。

語句の説明など：（語句は本文では活用されているのもある）
・行ち摩ゆる：行きずりの。行く道で袖をすって行くような。
<small>い　す</small>
・しゅらしゃん：しおらしい。かわいらしい。愛らしい。
・心浮かさりゆん：心が浮き浮きする。
<small>くくるぅ</small>
・頭：髪。「かしら、長、という意味もあるが、文語では、髪のこと。（東明
<small>かしら　　　　　　　　　　　　　　　　　　　　　　　　あがりあか</small>
　がりば、墨習が行ちゅん、頭結てぃたぼり、我親加那志）の琉歌に出ているの
<small>すみなれ　　　　　　　　　かしらゆ　　　　　　わうやがなし</small>
　も髪のことである」
・波平玉川：豊見城間切波平村にあった井戸。瀬長島の近くにあったと思われる。
<small>ふぁんじゃたまがわ</small>
　波平は、当て字であるが、地名になって慣用語になっているので使った。
<small>ふぁんじゃ</small>

この頁の沖縄文字（読み方＝すべて一音で読む）
　す＝スィ、でぃ＝ディ、ず＝ズィ、ぐゎ＝グヮ、つぃ＝ツィ、てぃ＝ティ、ふぁ＝フヮ。

琉歌演習

演習問題57

　組踊「手水ぬ縁」に出てくる次の琉歌は、下記のように早作田節と金武節です。最初の琉歌は、女主人公である玉津が波平玉川で髪を洗って帰ろうとしているところで歌われます。

　さあ、ここから「手水ぬ縁」のドラマが始まるのです。たいへん美しい恋愛物語です。

　次の琉歌は、場面が変わって、山戸の出じ羽で歌われます。

　昔の人たちの恋というのは、恋をひた隠しに隠していた時代があったのだと、歌詞の内容から想像できます。今の若い方々には、理解しがたいのかもしれないです。筆者のような昭和の2桁の初期に生まれた者は、習慣的に恋を隠す風はありました。

　2首の琉歌を味わってみてください。平敷屋朝敏が生きた時代の恋愛物語が読み取れるものと思います。

　それでは、下記の歴史的仮名遣いの琉歌を言文一致で、現代仮名遣いを使って沖縄語で書いてください。そして、その歌意は共通語で書いてください。直した文を音読して憶えましょう。

「伊波普猷全集　第3巻から原文のまま引用」

波平玉川の　流れゆる水に、
　　　　　すだすだとかしら　洗て戻ら。

忍で行く心　与所や知らねども、
　　　　　笠に顔隠す　恋の習や。

演習問題 57 のフィードバック

早作田節
はいさくてんぶし

110 波平玉川ぬ　流りゆる水に
ふぁんじゃたまがわ　　なが　　みず

　　すだすだと 頭　洗て戻ら
かしら　あら　むど

> 波平玉川の流れる水に、すがすがしく髪を洗って戻ろう。

金武節
ちん　ぶし

111 忍で行く 心　余所や知らにどむ
しぬ　い　くくる　　ゆす　し

　　笠に顔隠す　恋ぬ習や
かさ　かをかく　くい　なれ

> 恋人のところへ忍んで行く心を他人は知らないけど、恋をする者の習性は、笠に顔を隠す。

語句の説明など：（語句は本文では活用されているのもある）
・波平玉川：豊見城間切波平村にあった井戸。瀬長島の近くにあったと思われる。
ふぁんじゃたまがわ
・すだすだと：すがすがしく。
・ 頭 ：髪。「かしら、長、という意味もあるが、文語では、髪のこと。（東 明
かしら　　　　　　　　　　　　　　　　　　　　　　　　　　　　あがりあか
　がりば、墨習が行ちゅん、 頭 結てたぼり、我親加那志）の琉歌に出ているの
　すみなれ　い　　　　　かしら　ゆ　　　　わうやがなし
　も髪のことである」
・余所：よそ。よその人。
ゆす
・波平は、当て字であるが、地名になって慣用語になっているので使った。
ふんじゃ

この頁の沖縄文字（読み方＝すべて一音で読む）
　て＝ツィ、ふぁ＝フヮ、ず＝ズィ、す＝スィ、と＝トゥ、て＝ティ、ど＝ドゥ、で＝ディ、
　を＝ヲゥ。

琉歌演習

演習問題 58

　組踊「手水ぬ縁」の琉歌で、次に出てくるのは、下記のように干瀬節と仲風節です。

　最初に出ている歌は、主人公波平山戸が、野山を越えて玉津の所に忍び行くときに歌われるものです。さあ、どうなることでしょう。

　その次の歌は、仲風といわれる歌で、8・8・8・6形式と異なり、上句が5・5調で下句が8・6調になっています。熱烈深刻な恋歌とされています。

　歌の内容から山戸は玉津のお家に来てしまいました。山戸はさびしくて1人で暮らすことが出来ないので、忍んで来てお門で呼び出すときに歌われるのです。

　山戸と玉津は、それぞれの思いを語るが、場面が変わって山戸は帰りにどうなるのでしょう。

　2首の琉歌からイメージして、じっくり味わってください。

　それでは、下記の歴史的仮名遣いの琉歌を言文一致で、現代仮名遣いを使って沖縄語で書いてください。そして、その歌意は共通語で書いてください。直した文を音読して憶えましょう。

「伊波普猷全集　第3巻から原文のまま引用」

野山超る道や　幾里へぢやめても、
　　　　闇にまぎれやり、しのでいきゆん。

暮さらぬ　忍で来やる。
　　　　御門に出ぢ召しやうれ、思ひ語ら。

干瀬節
<ruby>干<rt>ふぃ</rt></ruby><ruby>瀬<rt>し</rt></ruby><ruby>節<rt>ぶし</rt></ruby>

112 野山越る道や　幾里ふぃじゃみてぃん
<ruby>野<rt>ぬ</rt></ruby><ruby>山<rt>やま</rt></ruby><ruby>越<rt>くぃ</rt></ruby>る<ruby>道<rt>みち</rt></ruby>や　<ruby>幾<rt>いく</rt></ruby><ruby>里<rt>り</rt></ruby>ふぃじゃみてぃん

闇に紛りやい　忍でぃ行ちゅん
<ruby>闇<rt>やみ</rt></ruby>に<ruby>紛<rt>まじ</rt></ruby>りやい　<ruby>忍<rt>しぬ</rt></ruby>でぃ<ruby>行<rt>い</rt></ruby>ちゅん

野山を越える道は、幾里隔てていても闇に紛れてひそかに行く。

仲風節
<ruby>仲<rt>なか</rt></ruby><ruby>風<rt>ふー</rt></ruby><ruby>節<rt>ぶし</rt></ruby>

113 暮らさらん　忍でぃ来ゃる
<ruby>暮<rt>く</rt></ruby>らさらん　<ruby>忍<rt>しぬ</rt></ruby>でぃ<ruby>来<rt>ち</rt></ruby>ゃる

御門に出じみしょり　思い語ら
<ruby>御<rt>うじょ</rt></ruby><ruby>門<rt>ん</rt></ruby>に<ruby>出<rt>んじ</rt></ruby>みしょり　<ruby>思<rt>うむ</rt></ruby>い<ruby>語<rt>かた</rt></ruby>ら

暮らすことが出来ず、人目を忍んでやってきました。どうかお門に出てください。積もる思いを語り合いましょう。

語句の説明など：（語句は本文では活用されているのもある）
・越る道：越ーゆる道、は音数律を整えるために（ーゆ）が脱落している。本文は間違いではない。
・ふぃじゃみゆん：へだてる。距離を隔てる。
・紛りゆん：まぎれる。見分けがつかなくなる。
・御門：門の敬語。「口語で、御門。音数律を整えるため、長音が脱落。門は当て字であるが、慣用語として使った。人名にもある」
・～みしぇーん：お～になる。～なさる。尊敬の敬語を作る。「御読みみしぇーん：お読みになる。出じみしぇーん：出られる。文語の命令形、出じみしょり：出てください」

この頁の沖縄文字（読み方＝すべて一音で読む）
ふぃ＝フィ、くぃ＝クィ、てぃ＝ティ、でぃ＝ディ、ん＝「ん」の声門閉鎖音。

琉歌演習

演習問題 59

　演習問題 58 では、山戸が玉津の家へ訪ねてきたので、玉津は山戸を内へ案内します。お互いの思いを語り、別れる時に歌われる歌が、下記に挙げた最初の琉歌「述懐節<ruby>述懐<rt>しゅっくぇーぶし</rt></ruby>」です。この歌は、島袋盛敏著「増補琉歌大観」では、「綾はべる節<ruby>綾<rt>あや</rt></ruby>はべる<ruby>節<rt>ぶし</rt></ruby>」に分類されています。組踊<ruby>組踊<rt>くみをどい</rt></ruby>の琉歌については、伊波普猷全集にもとづいているので、「述懐節<ruby>述懐<rt>しゅっくぇーぶし</rt></ruby>」とします。内容を味わってください。2 人の契りが読み取れます。

　場面が変わって、山戸は帰りに門番に見つかってしまいます。

　その次の琉歌は「散山節<ruby>散山節<rt>さんやまぶし</rt></ruby>」で山戸の気持ちが歌われています。味わってください。

　もしも凶報があったら彼女 1 人死なせて成るものか、自分も一緒だと歌われています。覚悟を決めて行く時の歌です。

　ここで、発音の注意点として（ぐぃ）「gwi」の発音があるが、1 音で「gwi」と言ってください。2 音の（ぐい）「gui」ではありません。

　それでは、下記の歴史的仮名遣いの琉歌を言文一致で、現代仮名遣いを使って沖縄語で書いてください。そして、その歌意は共通語で書いてください。直した文を音読して憶えましょう。

「伊波普猷全集　第 3 巻から原文のまま引用」

<ruby>結<rt>むす</rt></ruby>で<ruby>置<rt>お</rt></ruby>く<ruby>契<rt>ちぎ</rt></ruby>り　この<ruby>世<rt>よ</rt></ruby>までと<ruby>思<rt>も</rt></ruby>な。

かはるなやう<ruby>互<rt>たが</rt></ruby>に　あの<ruby>世<rt>よ</rt></ruby>までも。

<ruby>嵐<rt>あらし</rt></ruby><ruby>声<rt>ごゑ</rt></ruby>のあらば、<ruby>無蔵<rt>むぞ</rt></ruby><ruby>一人<rt>ひちより</rt></ruby>なしゆめ。

<ruby>我身<rt>わぬ</rt></ruby>も<ruby>諸共<rt>もろとも</rt></ruby>に　ならんしゆもの。

述懐節
しゅっくぇーぶし

114 結で置く契り　此ぬ世までぃと思な
むす　う　ちじ　　く　ゆ　　む

変わるなよ互に　あぬ世までぃん
か　　　　　たげ　　　　　ゆ

結んでおく固い約束はこの世までとは思うな。あの世までもお互いに変わることがないように。

散山節
さんやまぶし

115 嵐声ぬあらば　無蔵一人成しゅみ
あらしぐぃ　　　ん　ぞ ふぃちゅい な

我ぬん諸共に　成らんしゅむぬ
わ　　むるどぅむ　　　な

悪い知らせがあったら、愛しい彼女を一人にするまい。私も一緒に成ろうものを。

語句の説明など：（語句は本文では活用されているのもある）
- 契り：契り。固い約束。
ちじ
- ぃと思な：と思うな。「思ゆん、音数律を整えるために（う）が脱落している」
　　　うむ
- 嵐声：命が奪われたという知らせ。凶報。
あらしぐぃ
- 無蔵：男が恋する女を親しんで言う語。恋人（女）
ん　ぞ
- 成しゅみ：（ある状態に）なすか。するか。よく出てくる表現で、疑問の形で
な
　断定を強めている。
- ～むぬ：ものを。のに。から。
- 成らんしゅむぬ：成ろうものを。
な

この頁の沖縄文字（読み方＝すべて一音で読む）
　くぇ＝クェ、でぃ＝ディ、とぅ＝トゥ、ぐぃ＝グィ、ふぃ＝フィ。

琉歌演習

演習問題 60

　演習問題 59 では、山戸は門番に見つかって胸の中に悪い予感が起こり、その気持ちが「散山節」で表現されていました。

　結局玉津は、密会をしたことで知念浜において、処刑されることになってしまいました。

　そのうわさを耳にした山戸が玉津を案ずる場面になります。下記の最初の琉歌が歌われます。七尺節です。山戸が心境を唱えると、続けてまた七尺節が歌われます。それが次の琉歌です。この 2 つの琉歌は、山戸の出じ羽の歌であり、道行の歌にもなっています。

　文の組み立てを見ると、「......が......ら」の形式になっています。演習問題 54 で勉強したものです。「が」の前には、疑わしい文が入り、「が」の次には述語が置かれて「ら」の推量で結ぶことです。

　それでは、下記の歴史的仮名遣いの琉歌を言文一致で、現代仮名遣いを使って沖縄語で書いてください。そして、その歌意は共通語で書いてください。直した文を音読して憶えましょう。

「伊波普猷全集　第 3 巻から原文のまま引用」

あけやう、真玉津や　殺されんてやり

　　　　　とまいて諸共に　ならんしゆもの。

道中がやゆら、殺されがしちやら、

　　　　肝急ぎ歩で、生目をがま。

演習問題 60 のフィードバック

七尺節
しちしゃくぶし

116 あきよ真玉津や　殺さりんてやり
　　まだまて　　　くる
　　　　　　　とめて諸共に　成らんしゅむぬ
　　　　　　　　むるとむ　　な

　　　あわれ真玉津は、殺されるとか。捜して一緒に成ろうものを。

七尺節
しちしゃくぶし

117 道中がやゆら　殺さりがしちゃら
　　みちなか　　　くる
　　　　　　　肝急じ歩で　生ちみ拝ま
　　　　　　　ちむいす　あゆ　い　をが

　　　殺されに行く途中であろうか、あるいは、殺されてしまったのであろうか。心急ぎで
　　　行って生きているうちにお会いしたい。

語句の説明など：（語句は本文では活用されているのもある）
・あきよ：ああ。あわれ。「口語では、あきよー。女性がよく使う」
・真～：士族以上の男女の 童 名に付ける美称の接頭語。「真玉津。真山戸など。
　　　　　　　　　　　　わらびなー　　　　　　　　　　　まだまてー　まやまどー
　本文では、短縮して、真玉津」
　　　　　　　　　　　まだまて
・～てやり：とか。「口語では、てやい」
・とめて：拾って、求めて。捜し求めて。「口語では、とめーゆん。活用して、
　とめーて」
・～むぬ：ものを。のに。から。
・成らんしゅむぬ：成ろうものを。
　な
・肝急じ：心急ぎ。心のせかれること。
　ちむいす
・生ちみ：現世に生きて居ること。この世。
　い
・拝むん：（神仏を）拝む。お会いする。お目にかかる。「会う、の敬語」
　をが

この頁の沖縄文字（読み方＝すべて一音で読む）
　て＝ツィ、て＝ティ、と＝トゥ、で＝ディ、を＝ヲゥ。

琉歌演習

演習問題61

　組踊「手水ぬ縁」の終わりの場面に近づくと、子持節が出てきます。少し長い歌詞になっています。この琉歌は普通の琉歌と異なり、8音を9回重ねて6音で結んでいます。8・8・8・8・8・8・8・8・8・6形式になって長歌となっています。

　処刑場へ行く場面で、玉津の出じ羽及び道行で歌われる子持節です。玉津の山戸に対する思いが味わいのある文言になっています。これまでの琉歌も美しい言葉でつづられているが、実は台詞も美しい言葉で唱えられるものです。

　琉歌の意味も分からないまま、工工四をなぞってテープなどを丸暗記して歌われると、実につまらないものになります。

　また、台詞の本質の理解は抜きにして、そっくりそのまま暗記するものではありません。

　それでは、下記の歴史的仮名遣いの琉歌を言文一致で、現代仮名遣いを使って沖縄語で書いてください。そして、その歌意は共通語で書いて味わってください。憶えなくてもいいから、声を出してすらすら読めるように何度も演習してください。もちろん、言葉の持つ意味が分かって音読をすることは大切です。

「伊波普猷全集　第3巻から原文のまま引用」

里と我が中の　忍びあらはれて、
にやまた自由ならぬ　死出が山路に、
里前振りすてゝ、行きゆる涯だいもの、
恋の氏神の　まことどもあらば、
玉黄金里に　知らちたばうれ。

子持節
<ruby>子<rt>ん゚</rt></ruby>持節（んむちゃーぶし）

118 里と我が中ぬ　忍び現りて゚

にゃまた自由成らん　死で゚が山道に

里前振り捨て゚て゚　行ちゅる際でむぬ

恋ぬ氏神ぬ　誠どんあらば

玉黄金里に　知らち給り

あのお方と私の間のひそかな恋があらわれて、もう二度と思い通りにならない。死出の旅に行く。あのお方を振り捨てて行く際なので、恋の氏神が本当にあるのなら、大事なあのお方に知らせてください。

語句の説明など：（語句は本文では活用されているのもある）

・里：女が、男の恋人をいう語。背の君。わが君。
・現りゅん：現れる。あらわになる。露見する。また、明らかになる。
・里前：里の敬語。
・にゃまた：もはやまた。もう二度と。
・自由成らん：思い通りにならない。「自由は、短縮されている」
・死出が山道：死出の旅。「死出の旅：死での山に赴くこと。死ぬこと」
・〜でむぬ：であるから。なので。
・氏神：氏の祖先の霊を神として祀ったもの。
・〜どん：強意の助詞。「誠どんやらー：誠にしあらば。もしも本当なら」
・玉黄金：玉や黄金（のような大事なもの）。
・給り：ください。「口語では、給ーり（命令形）：ください。韻文では、短縮している」

この頁の沖縄文字（読み方＝すべて一音で読む）
ん゚＝クヮ、と゚＝トゥ、て゚＝ティ、で゚＝ディ、す゚＝スィ、ど＝ドゥ。

琉歌演習

演習問題62

　組踊（くみをどい）「手水ぬ縁（てぃみずぢん）」も終わりの場面になります。処刑場の場面です。守役が玉津の首を打ち落とそうとして打ち落としきれず、東江節（あがりーぶし）で嘆く場面で歌われます。下記の最初の琉歌がそうです。紅葉のように散らすことが出来ようかと言うのです。

　間一髪というところで、山戸が駆けつけて来て、玉津を見逃してくれと懇願するのです。幸いに命乞いをしました。

　次の琉歌は、立雲節（たちくむぶし）です。山戸と玉津は、共に手を取って連れて帰るときに歌われるもので、よそ目のない内に急いで帰ろうと歌っています。

　もう1つ立雲節（たちくむぶし）が歌われるが、演習問題63で勉強します。ほんとに純粋な恋愛物語ではないでしょうか。「手水ぬ縁（てぃみずぢん）」の台本を読み解いていくと、素晴らしい作品であることが分かります。

　それでは、下記の歴史的仮名遣いの琉歌を言文一致で、現代仮名遣いを使って沖縄語で書いてください。そして、その歌意は共通語で書いてください。直した文を音読して憶えましょう。

「伊波普猷全集　第3巻から原文のまま引用」

朝夕もりそだて　　しちやる我が思子
　　　　　　義理ともていきやし　紅葉なしゆが。

鳥（とり）もなきすみて、やがて夜（よ）も明（あ）ける。
　　　　　　与所目（よそめ）ないぬうちに、急ぎ戻（いそ　もど）ら。

演習問題 62 のフィードバック

東江節
あがり ー ぶし

119 朝夕守い育てぃ　しちゃる我が思子
あさゆむ　　すだ　　　　　　　　　　わ　　うみぐ

　　　　義理と思てぃいちゃし　紅葉成しゅが
　　　　じり　む　　　　　　　　　むみじな

朝夕大切に育ててきたご主人のお子さまを義理と思ってどうして、切り殺すことが出来ようか。

立雲節
たちくむぶし

120 鶏ん鳴ち澄みてぃ　やがてぃ夜ん明きる
とい　な　す　　　　　　　　　　　　ゆ　あ

　　　　余所目無ん内に　急じ戻ら
　　　　ゆすみね　うち　　　いす　むど

鳥の鳴き声も澄み渡り、やがて夜も明ける。よそ目のない内に急いで戻ろう。

語句の説明など：（語句は本文では活用されているのもある）
・思子：主人の子、または、目上の人に対する敬称。「口語では、思ん子」
　うみぐ　　　　　　　　　　　　　　　　　　　　　　　　　　うみ　ぐ

・紅葉成しゅが：紅葉のように散らすか。あるいは、切り殺すことが出来ようか。
　むみじな
　「〜成しゅが：疑問の形で置かれているから、単に出来るかではなく、出来る
　　な
　　訳がないという表現になる」
・いちゃし：どうして。
・やがてぃ：やがて。間もなく。
・余所目：人目。他人に見られること。
　ゆすみ

この頁の沖縄文字（読み方＝すべて一音で読む）
　てぃ＝ティ、ぐ＝グヮ、と＝トゥ、す＝スィ、ど＝ドゥ。

琉歌演習

演習問題 63

　組踊「手水ぬ縁」の終わりの場面で、もう１つ立雲節が歌われるが、それが下記のように歌われます。山戸が玉津を連れて帰るのが、夢のようであるというのです。どれほど嬉しかったであろうか。

　最後に「手水ぬ縁」の作者である平敷屋朝敏の哀傷歌を紹介します。

　平敷屋朝敏は、ひそかに国家の難事をたくらんだとして捕えられ、時の権力者であった蔡温「具志頭親方文若」によって安謝港で処刑されました。34歳の若さでした。

　蔡温は、尚敬王時代に長く三司官を勤め政治・経済・産業に著しく功績をあげたが、世の人の評は両極端であったと言われております。

　平敷屋朝敏の哀傷歌は、思う事がたくさんあったのでしょう。数多書くことがあっても書くことが出来ないと歌われております。

　それでは、下記の歴史的仮名遣いの琉歌を言文一致で、現代仮名遣いを使って沖縄語で書いてください。そして、その歌意は共通語で書いてください。直した文を音読して憶えましょう。

「伊波普猷全集　第３巻から原文のまま引用」

命救られて、つれて行くことや
　　　　　まこと夢中の　夢がやゆら。

「島袋盛敏著　増補琉歌大観から原文のまま引用」

四海波立てて　硯水なちも
　　　　　思事やあまた　書きもならぬ

演習問題 63 のフィードバック

立雲節
たちくむぶし

121 命 救らりてぃ　連りてぃ行く事や
いぬちすく

誠 夢中ぬ　夢がやゆら
まくどゅみうち　　　ゅみ

命を救われて、恋人を連れて行くことは、本当に夢の中の夢であろうか。

哀傷歌
あいしょーか

122 四海波立てぃてぃ　硯 水成ちん
しかいなみた　　　　すずりみず な

思事や数多　書ちん成らん
うむくど　あまた　　か　　な

四海の海に波を立てている海水を硯水にしても、思う事はたくさんあって書くことも
出来ない。

語句の説明など：（語句は本文では活用されているのもある）
・救らりてぃ：救われて。
　すく
・誠：誠。真実。本当。
　まくど
・成ちん：しても。「成ゆん：（ある状態に）なる。寄る。出来る。広い意味で
　　な
使われる。ここでは活用されている」
・成らん：出来ない。「さんだれー、成らん：しなければならない。書ちん成ら
　な　　　　　　　　　　　　　　　　　　　　　　　　　　　　　か　な
ん：書くことも出来ない」
　うむくど
・思事：思う事。普段思って居ること。

この頁の沖縄文字（読み方＝すべて一音で読む）
　アィ＝ツィ、てぃ＝ティ、とぅ＝トゥ、ずぃ＝スィ、ずぃ＝ズィ。

- 158 -

琉歌演習

演習問題64

　これまで子持節は、長い歌詞がいくつか出てきたが、ここで１つ本歌を紹介します。下記の最初の琉歌がそうです。

　この本歌は、子を失った悲傷の歌として、古典音楽家に愛唱されているといいます。また、失恋の時の歌であるとする説明もあります。

　その次は、仲間節であるが、尚敬王の作品です。実は、本書に出てきた玉城朝薫、平敷屋朝敏、恩納なべ、などという芸能家や歌人が現れたのは、尚敬王の時代です。琉球王中最も善政を施し、文化芸能を発展せしめ、しかも王自身も下記のように秀歌を残しています。

　ところで、発音についてコメントします。琉球歌加留多「ねゐてぃぶ」発行に仲間節の上の句の８音節を引用すると、『我身<ruby>我身<rt>わがみ</rt></ruby>つぃでぃ見<rt>うん</rt>ちどぅ』（原文のまま）とあります。まず「見」の発音を考えてみてください。何故小書きの「ぅ」が必要ですか。また発音はどうですか。琉歌を次世代へ的確に伝えようという心はあるのだろうか考えさせられます。

　それから、（ゐ）［？wi]の発音は、（ウィ）と書いてあるが、正確な発音は、（ゐ）［’wi]の声門閉鎖音です。つまり、一瞬息を止めて（ゐ）［’wi]を発音してください。簡単に（ゐ）［？wi]の発音が出来ます。

　それでは、下記の歴史的仮名遣いの琉歌を言文一致で、現代仮名遣いを使って沖縄語で書いてください。そして、その歌意は共通語で書いてください。直した文を音読して憶えましょう。

「島袋盛敏著 増補琉歌大観から原文のまま引用」

誰よ恨めとて　　なきゆが浜千鳥

　　　　　あはぬつれなさや　　我身も共に

わが身つで見ちど　よその上や知ゆる

　　　　　無理するな浮世　　なさけばかり

演習問題 64 のフィードバック

子持節
<ruby>子<rt>ゑ</rt></ruby> <ruby>持<rt>むちゃー</rt></ruby> <ruby>節<rt>ぶし</rt></ruby>

123 <ruby>誰<rt>たる</rt></ruby>ゆ恨みとて　鳴ちゅが<ruby>浜千鳥<rt>はまちどり</rt></ruby>

　　　　　<ruby>逢<rt>あ</rt></ruby>わぬ<ruby>ツィ<rt></rt></ruby>りなさや　<ruby>我身<rt>わみ</rt></ruby>ん<ruby>共<rt>とむ</rt></ruby>に

浜千鳥よ、誰を恨んで鳴いているの。思う人に逢わないつれなさは、わが身も同じだよ。

仲間節
<ruby>仲間<rt>なかま</rt></ruby><ruby>節<rt>ぶし</rt></ruby>

124 我が身<ruby>抓<rt>ツィ</rt></ruby>で<ruby>見<rt>みん</rt></ruby>ちど　<ruby>余所<rt>ゆす</rt></ruby>ぬ<ruby>上<rt>ゐ</rt></ruby>や<ruby>知<rt>し</rt></ruby>ゆる

　　　　　<ruby>無理<rt>むり</rt></ruby>するな<ruby>浮世<rt>うちゆ</rt></ruby>　<ruby>情<rt>なさ</rt></ruby>きびけい

我が身を抓って見てこそ、他人の身の上を知る。無理することがないように、この世は情けだけでもつのである。

語句の説明など：（語句は本文では活用されているのもある）
・ツィりなさん：つれない。情ない。「本文では、名詞化されている」
・抓で：つねって。「（文語）抓ぬん。口語では、ちんちきゆん」
・～ど：ぞ。こそ。強意の助詞。「我んどやる：私なのだ」
・浮世：無常の世。生きることの苦しい世。この世の中。
・～びけい：ばかり。「口語では、～びけーい。～びかーん。～びけーん。とあり、どちらもよく使う」

この頁の沖縄文字（読み方＝すべて一音で読む）
ゑ＝クヮ、ど＝トゥ、で＝ティ、ど＝ドゥ、ツィ＝ツィ、で＝ディ、ゐ＝ウィ、す＝スィ。

琉歌演習

演習問題65

　下記の最初に出ているのは、「仲間節」で、高宮城親雲上作の組踊「花売ぬ縁」で出じ羽の歌で使われております。主人公森川之子を、その妻と子が尋ねて首里からはるばる大宜味間切の塩屋に行くときの歌です。

　塩屋の煙という言葉が出ているが、塩屋は地名でもあります。そして塩を造るところの小屋から出る煙であり、その煙が立たない日はないということも意味しています。また夫の面影も立たぬ日はないというのです。歌の意味をじっくり味わってください。

　最後は、「述懐節」の本歌です。恋人に会って後、名残を惜しみながら別れるときの歌です。人様に見られないうちに別れようというのです。今の時代では、不思議な気もします。味わってみてください。

　それでは、下記の歴史的仮名遣いの琉歌を言文一致で、現代仮名遣いを使って沖縄語で書いてください。そして、その歌意は共通語で書いてください。直した文を音読して憶えましょう。

「島袋盛敏著　増補琉歌大観から原文のまま引用」

宵も暁も　馴れし面影の
　　　　立たぬ日やないさめ　塩屋の煙

さらば立ち別ら　よそ目ないぬうちに
　　　　やがて暁の　とりも鳴きゆら

演習問題 65 のフィードバック

仲間節
なか ま ぶし

125 宵ん 暁ん 慣りし面影ぬ

立たぬ日や無さみ 塩屋ぬ煙

宵も明け方も、慣れ親しんだあなたの面影が立たない日はないのだ。それは丁度塩屋
の煙が立たない日はないのと同じように。

述懐節
しゅっくぇーぶし

126 さらば立ち別ら 余所目無ぬ内に

やがて暁ぬ 鶏ん鳴ちゅら

さあ別れよう。人に見つからないうちに。やがて明け方の鶏も鳴くだろうから。

語句の説明など：（語句は本文では活用されているのもある）
・宵：日が暮れてからまだ間もない時。
・暁：明け方。夜明け前のまだ暗い頃。未明。
・慣りゆん：親密になる。なじむ。
・〜さみ：〜なのだぞ。〜なんだよ。「無さみ：ないのだぞ」
・塩屋：塩屋。「製塩小屋。口語では、塩屋」
・煙：けむり。「口語では、きぶし、をよく使う」
・余所目：人目。他人に見られること。
・親雲上：位階の名。一村を領する。当て字になっているが、慣用語として使っ
　た。

この頁の沖縄文字（読み方＝すべて一音で読む）
ꝏ＝ツィ、ふぃ＝フィ、ꞥ＝クェ、ꞇ＝ティ、ど＝トゥ。

あとがき

　本書は、先に発表した論文「琉歌演習」をベースにして、琉球舞踊古典女七踊、玉城朝薫作・組踊「五番」、平敷屋朝敏作・組踊「手水の縁」で使われているすべての琉歌も追加しました。

　次世代の方々に沖縄の素晴らしい文芸作品である琉歌を、少しでも慣れ親しめるようにしました。そして、適切な発音で楽しく音読して作品を味わえるようにしました。もちろん、そのためには作品の意味が分からなければならないので、和訳や語句の説明も入れました。

　筆者は、数年前に神奈川県内で生涯学習講座を担当したことがあります。講座のテーマは、沖縄の文化の基層となる言語でした。出席者は、全員沖縄県外の出身者で 30 名位のクラスでした。

　質問もたくさんいただきました。その中で、沖縄へ旅行して歌碑巡りに参加した方が居られました。質問は、歌碑に書いてある言葉が日本語みたいだけど、意味は分からなかったという内容でした。沖縄の人に聞いても明確な答えが得られなかったというのです。

　表現力に乏しい説明をされたようです。ほんとうに恥ずかしいことです。

　もっと呆れたのは、唄三線や琉球舞踊の道にある人の中には、琉歌を明確に勉強してないということです。いったい何を表現しているのだろうか。

　練習中なら工工四に書いてある文字面をなぞって、単に三線をテンテン弾いているのは良いとしても観客の居る本番の舞台では工工四の文字面をなぞって唄ってはいけません。

　何故なら工工四に依存し、書かれた文字面で声を出しているので単純な音楽になるからです。

　つまり文字を追うことに集中し、自分自身が文の意味を読み解くのに精いっぱいで表現力が乏しくなります。従って琉歌は座学でしっかり読み解いて意味を理解しておかなければなりません。もちろん一流の芸能家は、このことは十分心得ていると思います。

　沖縄では、「しまくとぅば」普及と銘打って指導者もたくさん出しているのに琉歌も分からない人が、まだまだ多いのではないかと思います。ほんとうに沖縄の文化を大切にしようという心はあるのか考えさせられます。

　このことは、教育のやり方に問題があるのか関係者の方々は、しっかり分析して対策を立てなければ、沖縄の文化はどんどん低俗化して衰退の道を歩むことになります。

1700（元禄 13）年代の沖縄には、素晴らしい文芸作品がたくさん発表されているのは、多くの方々が知っている通りです。

　これらの作品が、劇場あたりで配布されているプログラムに入っているのを見ると、和訳は間違いもあり言語の素養を疑わざるを得ないのもあります。たいへんお粗末なものがあります。このことは実例を提示して論文で発表してあるので、ここでは割愛します。

　一般観客の方々は、分からないと言っているから、琉球芸能の道にある関係者の方々は、分かってもらう努力をしなければならないと思います。

　筆者は、琉球芸能に関してはずぶの素人です。言語教育に関わっているので、その立場から、琉歌を座学で誰にでも分かるように及ばずながらテキスト的にまとめました。

　沖縄の言葉の発音については、国内や海外から『発音に苦戦しています』というお知らせをいただいています。多くは音楽の道を志している方々のようです。この件について、自治体から出た書物や、その他の指導書をよく調べてみると、確かにでたらめで道筋が立たない指導をやっています。あいた口が塞がらぬ思いです。これも実例を提示して論文で発表したので、ここでは割愛します。

　今回多くの方々から音声を付けてほしいという声がありました。筆者は学習者の身分で朗読家ではないが、老骨に鞭打って録音をやった結果、拙い音声になってしまいました。

　今後は、チャンスをつくって「しまくとぅば」の普及に携わっている先生方の教えをいただきながら、勉強して行きたいと思います。

　先人たちが残した文芸作品を味わっていると、表現力が豊かな秀作がまだまだたくさんあります。芸能の道にある方々におかれては、是非、本書に勝るものを 300 首以上の琉歌について、分かりやすい解説書を次世代の方々のために世の中へ出していただけたら有難いです。

　末筆ながら、今回は、この本を作るにあたって、快く取り計らっていただいた新星出版株式会社第一営業部課長出版担当の比嘉志麻子様をはじめ、校閲担当の池宮照子様、ほか関係者の方々に対し、心より厚くお礼申し上げます。

沖縄言語教育研究所主宰

國吉眞正

参考文献

・増補 琉歌大観 島袋盛敏著 「沖縄タイムス社」
・標音評訳 琉歌全集 島袋盛敏 翁長俊郎著 「武蔵野書院」
・沖縄語辞典 「国立国語研究所」
・広辞苑第7版 「岩波書店」
・沖縄古語大辞典 「角川書店」
・琉歌古語辞典 阿波根朝松著
・伊波普猷全集 第三巻 「琉球戯曲集」 「平凡社」
・校註琉球戯曲集 復刻版 1992 伊波普猷著 「榕樹社」
・伊波普猷全集 第八巻 「琉球戯曲辞典」 「平凡社」
・解釈付習字読本 琉歌百景 「沖縄総合図書」
・初心者のための 「琉歌入門」 石川盛亀著
・新公用文用字用語例集 「内閣総理大臣官房総務課監修」
・論文 沖縄語教育研究 （2010年6月） 船津好明著
　　　　　―学習負担の軽減と学力の向上を目指して―
・声と日本人 米山文明著
・声の呼吸法 米山文明著
・美しい声で日本語を話す 米山文明著
・声のなんでも小事典 和田美代子著
・子どもを伸ばす音読革命 （CD付） 松永暢史著
・かなづかい入門 白石良夫著
・野村流音楽協会 声楽譜附工工四
・野村流合同協議会 改訂版舞踊節組歌詞集
・NHK日本の伝統芸能 「平成9年4月1日発行」
・語らな 使らな しまくとぅば 「沖縄県文化観光スポーツ部文化振興課」
・琉球舞踊の世界～私の鑑賞法～ 勝連繁雄著
・改訂歌三線の世界～古典の魂～ 勝連繁雄著
・組踊の世界～私の見方・楽しみ方～ 勝連繁雄著
・琉球歌加留多 「ねゐてぃぶ」 発行
・論文 沖縄の文化の基層となる言語の保存及び継承方法に関する研究
　　　　　話し言葉、歌詞、琉歌、組踊の台詞などについて考える
　　　　　次世代に適切に継承するため表記の方法についても論ずる 國吉眞正著
・論文 琉歌演習～次世代へ適切に伝える方法に関する研究～ 國吉眞正著

筆者略歴

國吉 眞正（くによし・しんしょう）

1937 年 6 月 16 日フィリピン・ミンダナオ生まれ、沖縄県八重瀬町上田原育ち

1961 年 3 月　　　琉球大学電気工学科卒業（旧首里キャンパス）

1961 年 4 月　　　旧琉球政府立工業高等学校 勤務

1962 年 4 月　　　日本アイ・ビー・エム㈱ 勤務

　　　　　　　　　現場、研修センター、技術本部等を経て旧通産省へ出向

1991 年 11 月　　　旧通産省特許庁外郭団体㈶工業所有権協力センター 勤務

　　　　　　　　　特許文献（コンピュータ分野）の解析、調査、研究など国の仕事
　　　　　　　　　に携わる

2003 年 3 月　　　主任研究員、特命事項担当主席部員などを経て任期満了定年退職

現在　　　　　　　沖縄言語教育研究所 主宰（沖縄語の保存と次世代への継承方法に
　　　　　　　　　関する研究及び実践）

著書　　　　・昔物語　～沖縄口朗読用読本～（CD 付）「琉球新報社」
　　　　　　・沖縄語「首里の言葉」の発音の手引書（CD 付）「沖縄言語教育研
　　　　　　　究所」
　　　　　　・その他「紙芝居、組踊の台本に関するものなど多数」

論文　　　　・沖縄語の書き方及び次世代への継承に関する論文多数
　　　　　　・沖縄の文化の基層となる言語の保存及び継承方法に関する研究
　　　　　　　話し言葉、琉歌、組踊の台詞などについて考える
　　　　　　　次世代に適切に継承するため表記の方法についても論ずる
　　　　　　・琉歌演習　～次世代へ適切に伝える方法に関する研究～

（論文は、国立国会図書館、法政大沖縄文化研究所、沖縄県立図書館、琉球大附属
　図書館等で閲覧可能）

音読で楽しむ琉歌

琉歌演習

～次世代へ適切に伝えるために～

2023 年 2 月 28 日　　第一刷発行

著　　　者　　國吉眞正

発 行 者　　近藤好沖

発 行 所　　新星出版株式会社
　　　　　　〒 900-0001
　　　　　　沖縄県那覇市港町 2-16-1
　　　　　　電　話（098）866-0741
　　　　　　FAX（098）763-4850

制作・印刷　　新星出版株式会社

発　　　売　　琉球プロジェクト
　　　　　　電　話（098）868-1141

©Kuniyoshi Shinsho 2023 Printed in Japan
ISBN978-4-910937-06-9 C1080